W0281746

DU MÊME AUTEUR

DANSE D'ATOMES D'OR, Alma éditeur, 2016.
EINSTEIN, LE SEXE ET MOI, Alma éditeur, 2018 (Points Seuil, 2019).

LE LIVRE DE NEIGE

OLIVIER LIRON

LE LIVRE DE NEIGE

roman

nrf

GALLIMARD

© *Éditions Gallimard, 2022.*

Je ne suis pas une et simple, mais complexe et multiple.

VIRGINIA WOOLF,
Les Vagues,
trad. Michel Cusin

I

J'ai voulu écrire ce livre comme un cadeau pour ma mère, Maria Nieves, dite Nieves, qui signifie neige *en espagnol. Un livre pour elle, entre vérité et fiction. Un portrait romanesque par petites touches, comme des flocons.*

AUX ORIGINES

Madrid, années trente. Carmen de la Fe grandit dans le quartier de Legazpi au sud de la ville, au sein d'une famille de treize frères et sœurs. Parmi eux, cinq sont morts en bas âge. Carmen est très proche de sa grande sœur, la Bernarda, qui s'est mariée jeune. Elles chérissent leur mère Ana, *una santa mujer*, et se méfient du Borgne, leur père violent et alcoolique. Dès qu'il a le dos tourné, elles murmurent entre leurs dents : *El cabrón !*

Juste avant la naissance de Carmen, deux jumeaux sont morts. Sa mère Ana lui a dit :

— Les enfants qui meurent deviennent des anges.

Alors, quand elle sent une légère brise agiter les rideaux dans une pièce aux fenêtres fermées, quand elle éprouve une impression de fraîcheur sur ses tempes, un chuchotement inexplicable autour d'elle, elle sait que ce sont les jumeaux. Un dimanche, elle était en train de plier un couvre-lit dans la chambre de ses parents quand elle a entendu un grand froissement d'ailes. Elle s'est retournée, a senti leur présence. Ses anges gardiens.

Il faut se représenter le quartier de Legazpi avant la guerre d'Espagne, un quartier comme tous les autres quartiers de Madrid, avec des cloches, des horloges et des arbres, de la lumière sur tout cela comme un psaume ; un immeuble avec des géraniums accrochés aux fenêtres et des couloirs interminables où courent toute la journée des chiens et des petits enfants ; des rires qui éclatent dans le soir en grands bouquets parfumés. Au dernier étage vivent les Machado, un vieux couple d'antiquaires, et leur perroquet Gastón, la mascotte de l'immeuble. Quand elle va sur le toit pour faire sécher le linge, Carmen voit au loin le visage sec de la terre de Castille, comme un océan de cuir. Elle laisse le soleil inonder son visage. La gratitude des jours d'enfance est infinie.

Carmen ne sait ni lire ni écrire, elle aide sa mère à la maison. Très pieuse, elle adore se rendre à l'église de la Virgen de la Paloma, et y allumer des cierges pour sa mère et sa grande sœur. Pourtant, leur nom de jeune fille est de la Fe, trace des origines juives de la famille. À la fin de la Reconquista en 1492, les juifs et les musulmans qui vivaient en Espagne furent dans l'obligation de se convertir au christianisme, sous peine d'être jetés au bûcher – « le baptême ou la mort », telle était la devise funeste du prêtre dominicain Vincent Ferrier, qui pensait aussi que les juifs étaient « des animaux avec des queues et menstrués comme les femmes ». Les noms Santa Cruz, Amor de Dios ou Ave María viennent de cette conversion forcée. Les juifs qui continuaient à pratiquer secrètement leur religion furent désignés comme les *marranos*, les « porcs », et persécutés par l'Inquisition. Pour survivre, beaucoup adoptèrent des noms outrancièrement catholiques : José, María, Santiago, Jacobo, Tomás. Carmen est loin de s'en douter, quand elle allume des cierges à l'église.

Son plus grand bonheur est d'aller au marché. Elle aime la rue pleine de vie, les cris des vendeurs et l'odeur du pain chaud. Les marchandes de poisson qui trônent parmi les merlus, le *bacalao* et les calamars. L'huile d'olive. La pulsation de la ville. La beauté des toits sous le soleil froid. Les flèches des églises qui s'élancent vers le ciel. Les pommes de terre comme des lingots d'or. Elle touche les pastèques et les *chirimoyas*, les poivrons et les tomates bien mûres. Les jumeaux lui chuchotent un jour : « *La vida es un regalo* » (« La vie est un cadeau »).

À la tombée du soir, elle marche avec Bernarda dans la calle Princesa ou sur la Gran Via. Elles vont jusqu'à la Puerta del Sol, passent devant les tables bondées de la Taberna de Correos où se donnent rendez-vous de jeunes poètes inconnus de la Residencia de Estudiantes : des inconnus nommés Rafael Alberti, Federico García Lorca ou Pablo Neruda.

Mais un matin, tout se met à brûler. Madrid est en feu, comme si tous les bûchers de l'enfer étaient sortis de terre pour dévorer les êtres vivants. La poudre. Le sang. On est en 1936, l'Espagne vit sous la Seconde République et les élections sont marquées par une victoire écrasante du Front populaire. Une partie de l'armée espagnole, commandée par le général Franco, lance un coup d'État depuis le nord du Maroc. Le pays entier est divisé en deux camps. Quand la ville est bombardée, la famille se réfugie dans la cave d'un immeuble. Carmen invoque ses anges. Elle ne comprend pas la guerre, ou plutôt elle comprend que c'est exactement cela, la guerre, ne plus rien comprendre.

Les républicains sortent victorieux de la bataille de Madrid, mais la guerre continue. Le lundi 26 avril 1937, les avions de la légion Condor de la Luftwaffe et les Savoia-Marchetti SM.79 de l'Aviazione Legionaria de Mussolini bombardent Guernica. Carmen voit les avions étrangers qui arrivent tous les jours du ciel. Et le sang des enfants se met à couler dans les rues, simplement, *como sangre de niños*. Au début de l'année 1939, les forces républicaines s'effondrent. Des centaines de milliers de réfugiés espagnols s'enfuient pour gagner la France. Ils seront parqués dans ces camps de la honte que l'État français appelle des camps de concentration. Le 28 mars, les franquistes font leur entrée à Madrid. Le dernier jour de la guerre, le mari de Bernarda, Luis, qui se bat aux côtés des républicains, est fait prisonnier.

Dénonciation anonyme. Putain de dernier jour !

La répression s'exerce avec une barbarie sans précédent. Au total, la guerre civile espagnole fera plus d'un million de morts pour un pays de vingt-six millions d'habitants.

La petite Carmen met son plus beau chapeau, elle accompagne sa sœur Bernarda chez le général Varela pour demander la grâce du mari. Elles patientent longtemps devant l'entrée du palacio de Buenavista, le siège du ministère des Armées. Quand le général Varela fait son apparition, gants blancs en cuir de chevreau, bottes cirées, uniforme impeccable, escorté de ses soldats, il regarde la Bernarda et éclate de rire :

— Tu es une très belle gitane, mais je ne peux rien pour toi !

Quatorze jours plus tard, Luis sera fusillé.

À la fin de la guerre, Carmen a dix ans. Elle s'occupe de Luisa et Luisito, les deux enfants en bas âge de sa sœur. Dès qu'elle a le dos tourné, le petit Luisito échappe à sa surveillance et s'enfuit pour retourner chez sa mère. Un mercredi, dans un terrain vague à proximité de l'immeuble, il tombe sur un jouet magnifique. Il se penche sur le jouet, cherche à l'ouvrir avec les mains, puis avec les dents. La mine lui explose au visage. On vient chercher Carmen en urgence. Luisito est au pied de l'immeuble, défiguré, les entrailles du jeune garçon sortent de son ventre. Il meurt dans la voiture qui le transporte à l'hôpital, dans les bras de Carmen.

La vie continue pourtant. Il faut survivre et nourrir sa famille : Carmen ramasse des champignons pour les vendre à la gare avec des figurines de Mickey. Personne ne veut des champignons, alors elle les mange. Elle glane des épis de blé, qu'elle moud avec une bouteille pour faire de la farine. Elle grimpe comme un garçon dans les camions des maraîchers pour voler des oranges.

À quatorze ans, elle entre à l'usine d'aluminium où elle se blesse et perd l'usage d'un doigt. Elle fabrique des pièces de monnaie. Un jour, à la pause, un homme la regarde en souriant, cigarette aux lèvres. C'est Paco, fondeur dans la même usine. Carmen est gaie, rieuse et sympathique. Paco est plus âgé et beau garçon.

Ils vont faire un tour à la feria de San Isidro. Mais il se met à pleuvoir et Paco doit rentrer chez lui plus vite que prévu. Ils se perdent de vue.

Des années plus tard, ils se retrouvent par hasard. Carmen marche près de la gare d'Atocha lorsqu'elle tombe sur un homme qu'elle reconnaît aussitôt. Paco revient de ses deux ans de service militaire. Il s'exclame avec un sourire de marlou :

— Dis donc, toi… Ça fait longtemps que je ne t'ai pas vue !

Elle ne se laisse pas impressionner :

— Moi aussi… Tu avais peur que je te mange ? Tu es marié ?

Paco vient de se séparer de sa fiancée Gabriela, qui s'amusait un peu trop entre les permissions. Il insiste pour revoir Carmen.

Il lui parle de son enfance. Il est orphelin et vient de Cadix, en Andalousie. Il a grandi parmi les champs d'oliviers. Son père était militaire à Melilla en territoire marocain, avant la guerre civile ; une voiture l'a renversé alors qu'il sortait de la caserne. Paco avait cinq ans. Sa mère a touché une minuscule pension de veuve, insuffisante pour faire vivre ses enfants, et Paco est parti dans un pensionnat de Séville, où il a appris à lire et à écrire. Il connaît même les tables de multiplication. Ruinée, la famille de Paco a quitté l'Andalousie et s'est installée dans un taudis de Vallecas, en banlieue de Madrid. Là-bas, on va chercher l'eau au puits. Il n'y a pas d'électricité, il faut s'éclairer à la bougie et les ombres dansent sur les murs.

En 1953, Carmen et Paco sont amoureux. Le père de Carmen, le Borgne, s'oppose fermement à leur mariage. Quand elle lui demande sa bénédiction, il la gifle :

— Je te maudis, *hija* !

De l'autre côté, la mère de Paco déteste Carmen, elle préférait Gabriela qui était de bonne famille. Pendant la semaine sainte, elle s'agenouille et supplie Dieu de faire échouer l'union. C'est mal connaître Dieu : ils se marieront.

Le curé, don Gerundio, est un homme que Carmen trouve sympathique, et bizarre. Pour avoir le droit de se marier par l'allée centrale, il faudra mettre le prix :

— Vous comprenez, ça use le tapis…

Avec don Gerundio, tout se monnaie. Les amoureux sont décontenancés. Paco demande de but en blanc :

— Par où est-ce le moins cher ?

— Par le côté. Mais en passant par le milieu, vous pouvez mettre des fleurs…

— Va pour le côté.

Il reste à convenir de l'heure :

— Disons midi ?

— À midi, ce sera plus cher… Et il y a un couple avant vous. Je peux vous proposer seize heures. Bien sûr, il fait chaud en général. Et puis c'est l'heure de la sieste…

— Va pour seize heures.

— Excellent choix ! Je peux vous faire une offre… à trente-cinq pesetas. Une bonne affaire !

C'est encore une fortune pour Carmen et Paco. Le curé insiste :

— Trente-cinq pesetas, c'est une affaire en or !

Rendez-vous est fixé le matin du grand jour, pour la confession obligatoire avant le mariage. Paco, mal remis de l'enterrement de vie de garçon, arrive avec deux heures de retard. Carmen, qui a attendu à l'église toute la matinée, explose. Elle ne veut plus se marier. Dans une colère folle, elle s'enfuit chez Bernarda :

— Deux heures de retard ! Je ne me marie pas ! J'en ai ras le bol, je rentre chez moi !

Sa sœur cherche à la calmer :

— *Hermana*, tu es folle ?

— Je ne me marie pas ! Eh, dis, deux heures de retard pour se confesser !

— Ne fais pas l'imbécile...

Paco, mort de honte, vient retrouver Carmen chez la Bernarda. Il l'implore à genoux de lui pardonner. Bernarda s'impatiente :

— Alors, tu te maries, ou tu ne te maries pas ?

Finalement, le mariage a bien lieu. Au moment où la cérémonie va commencer, Carmen aperçoit le curé qui lui fait signe avec insistance. Quel homme bizarre, décidément. Que lui veut-il encore ? Elle se porte à sa hauteur. Le curé lui annonce en souriant :

— J'ai une bonne nouvelle. Tu ne vas pas te marier par le côté : la fiancée qui devait se marier tout à l'heure a eu un accident !

Il éclate de rire :

— Vous pouvez la remplacer.

C'est donc par l'allée d'honneur que Carmen et Paco s'avancent vers l'autel. Ils profitent du tapis rouge et des bouquets de fleurs éclatantes. Les invités écarquillent les yeux. Les jeunes sœurs de Paco s'extasient de la beauté de la mariée, radieuse et triomphante. Sur les photographies du mariage, qui resteront pendant des mois dans la vitrine de l'église, les tourtereaux ressemblent à Grace Kelly et au prince Rainier. Carmen est sublime dans sa robe blanche. À son bras, Paco est l'élégance même. Bernarda se tient à côté d'eux, toute de noir vêtue, avec la *peineta* dans sa mantille et un œillet couleur rouge sang. Les invités chuchotent, terriblement jaloux :

— *Como una que tiene dinero !* (« En voilà une qui a de l'argent ! »)

Pour le repas de mariage, on a fait simple. Un verre de lait et un petit pain pour tout le monde.

Carmen a reçu mille pesetas de l'usine en cadeau de mariage. Elle les donne intégralement à sa sœur Bernarda, qui s'est remariée et doit nourrir ses cinq enfants. Les jeunes mariés n'ont pas un rond. Quand ils peuvent, ils mangent un sandwich aux calamars à deux pesetas.

À l'hiver 1954, au moment où, en France, l'abbé Pierre lance son insurrection de la bonté, une petite fille naît à Madrid.

C'est la fille de Carmen et Paco.

On appelle la petite fille Maria Nieves, Marie des Neiges en espagnol. Est-ce parce qu'il faisait très froid à Madrid, cet hiver-là ? Maria de las Nieves est aussi l'un des noms de la Vierge Marie. On dit que c'est Nuestra Señora de las Nieves, Notre Dame des Neiges, qui, le matin du 5 août 358, fit tomber de la neige en plein été sur le mont Esquilin, à Rome, et recouvrit le sol de blancheur. Ce signe extraordinaire donna lieu à la construction de la basilique Santa Maria Maggiore, la plus ancienne église consacrée à la Vierge Marie.

Ainsi commence l'histoire miraculeuse de ma mère.

MIRACULÉE

Nieves est une miraculée. Dès les premières semaines après sa naissance, au cœur du terrible hiver 1954, elle attrape la coqueluche. En l'absence de traitement adapté, sans antibiotiques, ses quintes de toux fréquentes et prolongées plongent ses parents dans une terrible inquiétude; Carmen prie toute la journée, elle ne veut pas perdre sa fille.

Nieves s'en sort in extremis grâce à une transfusion sanguine. Elle garde des séquelles de la maladie. Ses oreilles de bébé sont atteintes par l'infection; les cellules de l'oreille interne, qui transmettent les sons au cerveau, sont parmi les rares de l'organisme qui ne se renouvellent pas. Le diagnostic des médecins est sans appel: la petite fille entendra moins bien que les autres. Surdité précoce.

Premier miracle, premiers stigmates.

Est-ce qu'on garde mémoire d'avoir frôlé la mort? Est-ce à cela qu'elle doit ce farouche instinct de survie qui ne la quittera plus ? Cette joie infinie devant le miracle du vivant ? Ce sentiment d'une force et d'une vulnérabilité mêlées, indissociablement liées en elle, mort et vie tissées dans la même étoffe, la même moire ?

L'ONCLE D'AMÉRIQUE

Jour de baptême. Paco, élégant comme Humphrey Bogart dans son costume de location, porte fièrement sa fille dans ses bras. Nieves a pour parrain l'oncle Alfonso, en réalité un cousin éloigné, témoin de mariage de Paco. Une aura de mystère l'entoure. Que fait-il réellement dans la vie ? Quels liens entretient-il avec le régime franquiste ? Il se dit architecte, prétend construire des immeubles de luxe – mais personne n'a jamais vu le moindre bâtiment se réaliser. L'oncle Alfonso aurait participé aux plans de l'Edificio España, qui culmine à cent dix-sept mètres au nord de la plaza de España. Le plus grand immeuble de Madrid ! D'autres murmurent des choses moins avouables. On le dit trafiquant d'œuvres d'art ou marchand d'armes.

— Un grand architecte ! soutient fermement Paco, sourire aux lèvres.

Deux semaines après le baptême, l'oncle Alfonso part en Amérique latine, laisse derrière lui l'Europe aux anciens parapets et ne reviendra jamais. La petite Nieves ne sait pas à quoi il ressemble. En grandissant, elle imagine des tas de choses, bercée par les légendes familiales. Certains disent que le parrain de Nieves vit désormais avec sa fille dans un palais de Caracas, au Venezuela, couvert de diamants, à la tête d'une fortune colossale. Son gendre serait un célèbre acteur de cinéma portugais.

Un jour, il va penser à eux. Dès qu'une lettre arrive, Nieves s'empresse de demander :

— C'est l'oncle Alfonso ?

Elle s'attend à recevoir des cadeaux extraordinaires venus d'Amérique latine. Surtout le 5 août, fête des Maria Nieves. Mais les années passent et la famille n'a pas de nouvelles. On chuchote qu'Alfonso s'est fait descendre par la pègre locale.

Nieves rêve à son oncle d'Amérique.

CALLE MARQUÉS DE SANTA ANA

Calle Marqués de Santa Ana, numéro 5.

Toute la famille habite en pension chez Marcelina, une vieille dame rogue et acariâtre. Appartement spartiate : une pièce commune et un réduit sombre sans fenêtre. Pas de salle d'eau. Toilettes sur le palier. Nieves dort avec ses parents dans la pièce commune. La chambre de Marcelina est plongée dans l'obscurité absolue – on pourrait prendre la vieille pour l'une des Grées effrayantes de la mythologie grecque, ces créatures possédant une dent et un œil uniques, vivant dans une caverne où il fait toujours nuit. Cette pièce obscure terrorise Nieves. Qu'y a-t-il au fond de l'abîme ?

Paco continue à travailler à l'usine, Carmen s'occupe du ménage et des repas. Marcelina trône près de l'unique fenêtre du séjour et fait régner la terreur sur la petite fille, qui ne doit faire aucun bruit pour ne pas l'irriter. Nieves reste assise en silence contre un vieux bahut, découpe les personnages des *tebeos*, ces bandes dessinées bon marché, les assemble à sa façon, compose des frises et invente de nouvelles histoires, les siennes.

Elle est fille unique. Où caserait-on un autre enfant dans ce logement étriqué? Et Marcelina, continuerait-elle à les accepter comme locataires?

Madrid, hiver 1957. Au premier plan, Nieves, trois ans, calle Marqués de Santa Ana.

LA BELLE ANDALOUSE

Nieves est différente des autres.

Attentive au mystère de la vie, elle est curieuse du monde qui l'entoure. Un jour que Carmen s'en va régler une facture d'électricité à l'autre bout de la ville, à la grande poste de la plaza de Cibeles, Nieves passe d'interminables heures à jouer avec les oiseaux. C'est une enfant sensible, intelligente, éveillée. À la maison, ses parents l'appellent la Belle Andalouse, pour ses cheveux aussi noirs que ceux de Paco. Elle aime jouer à la corde à sauter dans la rue, jongler avec des balles, faire tourner un cerceau autour de sa taille. Des jouets simples – ni trottinette, ni jeux sophistiqués. Elle n'en souffre pas, mais les patins à roulettes, oh, comme ils la font rêver…

Ses parents ont fort à faire pour ne pas mourir de faim. La crise économique des années cinquante est terrible, Carmen et Paco pensent à chercher du travail à l'étranger. Faire un peu d'argent pour rentrer ensuite au pays. Ils n'en parlent pas à leur fille, pour ne pas l'inquiéter.

L'ÉCOLE FRANQUISTE

À l'école du quartier, les cours sont pris en charge par l'Église et assurés par une religieuse, sœur Dolores.

Aujourd'hui, Nieves et ses camarades apprennent la leçon 22 du manuel, intitulée « Franco ! Franco ! Franco ! ». L'idéologie du régime est inspirée de la Phalange espagnole, ce parti politique d'extrême droite qui a joué un rôle décisif dans la guerre d'Espagne – même si les théoriciens du mouvement, comme Primo de Rivera, ont été éliminés par Franco. Un portrait de profil du généralissime surplombe quelques explications sommaires : « La Phalange est un mouvement espagnol pour l'implantation de la doctrine universelle nationale-syndicaliste. Une famille est formée par le père, la mère et les frères. » Dans l'esprit de Nieves, un doute surgit. Et les sœurs ? Les filles ? Elles ne font pas partie de la famille ?

Certaines questions lui brûlent les lèvres. « Le chef de la famille est le père. » Son père Paco est à l'usine du matin au soir, c'est sa mère Carmen qui prend toutes les décisions. Passons. La leçon se poursuit, répétant l'antienne des hiérarchies franquistes et le culte du chef : « Les familles, qui vivent les unes à côté des autres, forment un village ou une ville. Le chef d'un village ou d'une ville est le maire. Les villages et les villes forment une province. Les provinces forment une nation. Notre nation s'appelle l'Espagne. Le chef suprême de la nation est le généralissime Franco. » Nieves et ses camarades apprennent ces pages à la gloire de Franco. « Franco s'est mis il y a quelques années à la tête de l'Armée pour rétablir l'ordre en Espagne. Il a remporté la guerre, et maintenant il triomphe dans la paix en nous gouvernant avec beaucoup de réussite. » Le culte de la personnalité du dictateur puise dans un répertoire de métaphores en le présentant comme le sauveur élu de l'Espagne, illuminé par le Saint-Esprit. Il est comparé à Alexandre le Grand, à Napoléon ou à l'archange Gabriel. Dans toutes les grandes villes d'Espagne, une statue équestre le représente désormais comme le chef de la croisade chrétienne, la *cruzada*.

Sœur Dolores demande à la petite Nieves de relire le début de la leçon. Au lieu de réciter sagement, elle s'écrie :

— Une famille est formée par le père, la mère, les frères… et les sœurs !

Sœur Dolores voit rouge. Elle force Nieves à s'agenouiller par terre, les bras en croix :

— Comme le Christ, Nieves !

La petite doit faire pénitence, des livres dans chaque main. Quand elle faiblit sous le poids des manuels, sœur Dolores la frappe avec sa baguette. Une vraie méthode de torture.

Nieves comprend très vite que pour survivre elle doit se tenir à carreau, taire ce qu'elle ressent au plus profond d'elle-même – la violence des châtiments physiques et de ce silence imposé, la spirale de la souffrance et de la honte, qui se nourrissent l'une de l'autre, font naître en elle un sentiment de révolte.

Est-ce à l'école franquiste que Nieves a commencé à ne plus croire en Dieu ? Est-ce parce que la religion lui donnait trop de crampes qu'elle est devenue, plus tard, une scientifique ? Est-ce cela qui l'a poussée à se tourner vers une autre religion, celle de la nature ?

Nieves, sept ans, commémoration à l'école de la Fiesta del Pilar.

LE GUIDE DE LA BONNE ÉPOUSE

Nieves grandit dans une dictature où les femmes et les jeunes filles sont réduites à un rôle d'esclaves domestiques. Sous la Seconde République espagnole, dans les années trente, les femmes ont conquis le droit de vote et commencé à occuper l'espace public. Mais la dictature de Franco veut reconduire les femmes à la bergerie domestique, supprimer leurs revendications égalitaires et les assigner à une fonction procréatrice – la patrie a besoin d'enfants après le bain de sang. La Section féminine de la Phalange espagnole se consacre à l'endoctrinement idéologique des femmes, cherchant à éteindre en elles tout désir d'émancipation et de révolte. Voici le programme antiféministe de sa dirigeante Pilar Primo de Rivera, sœur de José Antonio Primo de Rivera, fondateur du parti fasciste de la Phalange, et fille du dictateur Miguel Primo de Rivera qui fut aux commandes de l'Espagne dans les années vingt: «Grâce à la Phalange, les femmes vont être plus propres, les enfants plus sains, les peuples plus heureux et les maisons plus claires. Tous les jours nous devrions rendre grâce à Dieu d'avoir privé la majorité des femmes du don de la parole. Car si nous l'avions, qui sait si nous ne tomberions pas dans la vanité de l'exhiber sur les places. Les femmes ne découvrent jamais rien; il leur manque le talent créateur réservé par Dieu aux intelligences viriles. La vie de chaque femme, malgré tout ce qu'elle veut simuler ou dissimuler, n'est pas autre chose qu'un éternel désir de rencontrer quelqu'un à qui se soumettre.»

Le *Guide de la bonne épouse* est une plaquette en couleurs, où figurent des femmes qui sourient, occupées avec bonheur à différentes tâches ménagères. Chaque page est numérotée et illustre un commandement à respecter, assorti d'un développement didactique. Le sous-titre annonce: «11 règles pour rendre ton mari heureux. Sois l'épouse dont il a toujours rêvé!» Il est suivi de ces onze commandements:

> Un: Que le dîner soit prêt!
>
> Prépare, en y passant du temps, un délicieux dîner quand il rentre du travail. C'est une façon de lui faire savoir que tu as pensé à lui, et que ses besoins te préoccupent. La plupart des hommes sont affamés quand ils arrivent à la maison. Prépare-lui son plat favori!

Deux : Fais-toi belle !

Repose-toi pendant cinq minutes, avant son arrivée, afin qu'il te trouve fraîche et resplendissante. Retouche ton maquillage, mets un ruban dans tes cheveux et fais-toi la plus belle possible pour lui. Souviens-toi qu'il a eu une dure journée et qu'il n'a eu affaire qu'à ses collègues de travail.

Trois : Sois douce et intéressante !

Sa journée de travail ennuyeuse a peut-être besoin d'être améliorée. Tu dois faire tout ce qui est en ton possible pour cela. Une de tes obligations est de le distraire.

Quatre : Range la maison !

Elle doit être impeccable. Fais un dernier tour dans les principales pièces de la maison avant que ton mari ne rentre. Range les livres d'école qui traînent, les jouets, etc. Et nettoie les tables avec un plumeau.

Cinq : Fais-le se sentir au paradis !

Pendant les mois les plus froids de l'année, tu dois préparer la cheminée avant son arrivée. Ton mari sentira qu'il est arrivé dans un paradis de repos et d'ordre, cela te redonnera le moral à toi aussi. Après tout, s'occuper de son confort t'apportera une énorme satisfaction personnelle.

Six : Prépare les enfants !

Coiffe-les, lave-les et fais-les changer de vêtements si nécessaire. Les enfants sont ses trésors et il doit les trouver resplendissants. Prends quelques minutes pour qu'ils se fassent beaux.

Sept : Fais le moins de bruit possible !

Au moment de son arrivée, éteins la machine à laver,

le sèche-linge, l'aspirateur et fais en sorte que les enfants soient silencieux.

Pense à tout le bruit qu'il a dû supporter pendant sa dure journée au bureau.

Huit : Fais en sorte qu'il te voie heureuse !

Offre-lui un grand sourire et montre de la sincérité dans ton désir de le satisfaire.

Ton bonheur est la récompense de son effort quotidien.

Neuf : Écoute-le !

Tu as peut-être une douzaine de choses importantes à lui dire, mais à son arrivée, ce n'est pas le meilleur moment pour en parler. Laisse-le parler d'abord. Souviens-toi que ses thèmes de discussion sont plus importants que les tiens.

Dix : Mets-toi à sa place ! [*¡Ponte en sus zapatos !*]

Ne te plains pas s'il rentre tard, s'il sort se divertir sans toi ou s'il ne rentre pas de la nuit. Essaie de comprendre sa vie, faite de pression et d'engagements, et son réel besoin d'être détendu à la maison.

Onze : Ne te plains pas !

Ne le sature pas avec des problèmes insignifiants.

Ton problème, quel qu'il soit, est un détail infime en comparaison des siens. La bonne épouse sait quelle est sa place !

Bonus : Qu'il se sente à l'aise !

Laisse-le s'installer dans un fauteuil ou s'allonger dans la chambre. Prépare-lui une boisson chaude. Remets-lui son oreiller et propose de lui enlever ses chaussures. Parle avec une voix douce et agréable !

Nieves n'a pas envie de ressembler à ces femmes soumises qu'on lui donne en modèle. Dans ce contexte pesant, elle éprouve un désir de liberté, et comprend que cette liberté passe par le savoir et les livres. Formule de son bonheur : la volupté d'apprendre, du soleil, et le chant des oiseaux.

GRAINES DE TOURNESOL

Le dimanche, Nieves rend visite à la *tía* Bernarda, qu'elle aime beaucoup, et aux cousins que Bernarda a eus d'un second mariage, Toni, Manolito, José Luis, Manoli et Cuqui. Ils flânent ensemble au Rastro, le grand marché aux puces de Madrid, installé le long de la grande rue en pente de la Ribera de Curtidores. Des brocanteurs vendent des objets divers, ustensiles de cuisine, meubles, vêtements, étoffes... Dans la calle de Fray Ceferino González, appelée rue des Oiseaux, Nieves s'attriste de voir les animaux en cage. Calle de San Cayetano, elle s'émerveille devant les tableaux des peintres, s'attarde dans les stands d'images de la plaza del Campillo del Mundo Nuevo. Elle aime les livres anciens de la calle del Carnero et de la calle de Carlos Arniches, ces ouvrages qui ressemblent à des vieux grimoires. Elle les touche et respire leur odeur. Il lui semble qu'ils abritent les mystères de l'existence, une porte secrète vers un monde plus beau. Elle demande à sa tante :

— Bernarda, pourquoi on appelle ça le Rastro ?

Bernarda explique que c'est dans le quartier du Rastro que se trouvaient autrefois les abattoirs de Madrid. Une trace de sang, *el rastro de sangre*, était laissée par les carcasses d'animaux que l'on traînait au sol, c'est l'origine de ce nom. Nieves trouve d'une barbarie absolue de tuer des animaux de cette façon. Elle préfère les *pipas*, les graines de tournesol, qu'elle partage avec ses cousins. Elle suce longuement les graines, l'une après l'autre, fait durer longtemps le goût du sel sur sa langue. Puis elle les recrache devant elle, comme des étoiles filantes. Pour chaque graine, elle fait un vœu.

PREMIÈRE COMMUNION

Tous les dimanches, Carmen va à l'église en traînant Nieves derrière elle. L'église est un lieu de sociabilité, c'est aussi un lieu éminemment politique. Il faut s'y montrer afin de se protéger, ne pas éveiller la suspicion des voisins. La peur induite par la répression franquiste est partout.

Nieves s'interroge. Que peut bien trouver sa mère dans la foi ? Espère-t-elle recevoir un signe de l'indulgence divine et voir sa vie adoucie ? Est-ce une forme de superstition pour se protéger de nouvelles difficultés ou de quelque autre malheur ? Le rituel de certaines processions est rude et exige que les pénitents avancent à genoux sur le parcours jusqu'à l'église. Nieves accompagne sa mère. Elle ne comprend pas cette souffrance expiatoire. Elle se sent innocente, innocente comme la neige de son prénom. Pourquoi tout ce cirque ?

En 1962, elle prépare sa première communion. Tout au long de l'année, on lui a expliqué ce qu'elle doit connaître en vue du sacrement, qui aura lieu aux Descalzas Reales, le monastère des Déchaussées royales – une monumentale abbaye près de la Puerta del Sol, fondée en 1559 par Jeanne d'Autriche, la fille du grand empereur Charles Quint. Tapisseries inspirées de Rubens, tableaux du Titien et de Bruegel l'Ancien : lorsque Nieves s'y rend pour la première fois, elle est impressionnée.

Mercredi des Cendres, premier jour du Carême. Le prêtre trace une croix à la cendre sur le front des enfants, comme le veut l'usage : « Souviens-toi que tu es poussière et que tu retourneras à la poussière… » Sœur Dolores (ou est-ce sœur Espíritu Santo, sa coreligionnaire ?) décide de forcer la dose, histoire de mater la jeune récalcitrante. Elle verse toute une poignée de cendres sur Nieves qui en a sur les cheveux, dans les yeux, sur sa robe. Elle avance dans les rues de Madrid, tétanisée, sans oser protester.

Nieves ne comprend pas le bon Dieu. Elle refuse de tout son être, et cette évidence ne la quitte pas, qu'un dieu bon, réellement bon, puisse tolérer la souffrance. C'est pour elle une question fondamentale qui la poursuit tous les jours. Comment Dieu peut-il tolérer autant de désolation ? La misère partout ? Tous les culs-de-jatte ? Et sa propre famille qui crève de faim ? Pourquoi cela ?

On a bien essayé de lui raconter l'histoire sainte, au catéchisme, elle a écouté de bonne grâce, et ça n'a rien arrangé pour l'image de Dieu. Ce dieu punitif. Qui te chasse du paradis parce que tu as commis une faute.

Nieves trouve ça monstrueux : il n'y a aucune mansuétude là-dedans. Aucun pardon. Et l'image de Jésus-Christ dans les Évangiles, c'est une telle image de souffrance. Pourquoi ?

Le jour de la communion, en mai, Nieves dans sa petite robe blanche sourit pour faire plaisir à ses parents et tient à la main un livre que Carmen lui a prêté, un beau missel en nacre. Elle part en procession depuis son école, traverse la plaza del Callao, descend la calle del Postigo de San Martín et arrive sur la place des Descalzas Reales. Elle pénètre dans l'église sous les yeux de sa mère qui la regarde avec fierté.

Devant elle, le dieu sur sa croix souffre et expie. Elle ne lui a rien demandé pourtant ! Elle préfère être responsable de sa vie. Pas besoin que quelqu'un d'autre prenne sa souffrance à sa place. Toujours cette image culpabilisatrice. Cette culpabilité qu'on porte depuis l'origine. Pourquoi ? S'ils ont fait des conneries, les premiers humains, on n'est pas responsables. On n'a pas à endosser !

Sur la photographie de la première communion, Nieves a un sourire d'une tristesse infinie dans sa petite robe blanche.

PARTIR

Au début des années 1960, Carmen et Paco partent chercher du travail à l'étranger. Il s'agit de ne pas mourir de faim, et d'avoir les moyens de se loger, car chez

Marcelina c'est devenu impossible, et Nieves a grandi. Depuis les années cinquante, Franco favorise le départ des ouvriers, prévoyant des retombées économiques favorables pour le pays. À l'usine de Paco, une annonce est faite. On embauche en France et en Australie !

Nonobstant les kangourous, Carmen et Paco choisissent la France : c'est plus près. Paco part le premier. Un contrat dans une fonderie de la région parisienne. Il dormira sur place dans une cabane de chantier. Carmen le rejoint bientôt pour chercher à son tour du travail comme femme de ménage.

Nieves va vivre chez la *tía* Bernarda. Elle croit que ses parents sont partis pour quelques jours seulement. Sa tante lui révèle la vérité. Elle va devoir les rejoindre et partir pour un pays inconnu.

Tristesse et révolte. Partir ? Ni en France, ni nulle part ailleurs ! Elle pense : « Pourquoi devons-nous partir, nous seulement, alors que les autres membres de la famille restent ? » Elle attend un miracle – sinon, à quoi bon toutes ces processions à genoux ?

Pourquoi lui a-t-on menti ? Elle aurait voulu que sa mère lui dise qu'ils allaient tous partir dans un autre pays. Elle aurait demandé : « Quand est-ce que je vous rejoins, *mamá* ? Et après ? » Alors Carmen aurait dit la vérité : « Et après, *hija* ? Après on verra... »

Calle de Jaime el Conquistador, dans le sud de Madrid.

Nieves reste plusieurs mois chez Bernarda, et ne rejoindra ses parents qu'en octobre 1963. Ces quelques mois passés loin d'eux sont une parenthèse enchantée. Un sursis heureux. Elle aime la *tía* Bernarda et sa gaieté, sa générosité, son exubérance. Bernarda est une femme très belle, hautes pommettes, yeux sombres, un rien la sublime, et elle dégage une grande sensualité naturelle. Nieves voudrait lui ressembler.

À part la cousine Toni, tous les enfants de Bernarda sont encore à la maison. Manolito, José Luis, Manoli, Cuqui… et Nieves. Les cinq doigts de la main. Chez eux, le séjour est minuscule. Un canapé pour s'asseoir. Une table basse. Un buffet – l'unique meuble de la maison. Le mur avec une toute petite fenêtre. La persienne. La porte. Et c'est tout.

La famille doit tenir à sept en comptant Bernarda et son mari, Manolo. À chaque moment de la journée, il faut déplacer les meubles, revoir l'agencement. Déployer des trésors d'inventivité. Un vrai casse-tête logique. Au moment de dormir, José Luis et Manolito poussent la table basse. (Une table qui pour les repas devient haute.) Ils ouvrent le canapé et y dorment à deux. Ce sont déjà de grands gaillards. José a quatorze ans, Manolito seize. Nieves dort dans la petite chambre face à la cuisine, tête-bêche avec son cousin Cuqui. Manoli dort dans un autre lit juste à côté.

Chaque matin, on range tout et on recommence !

Bernarda part travailler au grand marché de Legazpi. Travail physique. Décharger. Participer. Elle revient vers quinze heures, et apporte toujours dans son cabas des légumes impropres à la vente ou abîmés. Des tomates ou des poivrons. C'est le menu quotidien même si parfois, les jours de fête, elle rapporte une pastèque ou une *chirimoya*.

Ça tombe bien, Nieves adore les poivrons frits.

LA BELLE VIE

Parmi les cousins de Nieves, Manolito, le grand, est apprenti pour devenir mécanicien. José Luis, lui, a la passion du football. Sa mère est fière de lui, car il vient de faire ses premiers pas dans une équipe. Quelques années plus tard, il jouera pour l'Atlético de Madrid, le club des quartiers pauvres de la ville. Ceux qu'on appelle les *colchoneros*, les matelassiers, parce que leurs couleurs, le rouge et le blanc, rappellent celles des matelas utilisés dans l'après-guerre. Dans les années soixante-dix, José Luis deviendra même une vedette du football espagnol, un joueur international sélectionné treize fois en équipe d'Espagne, champion d'Espagne avec le club de l'Atlético.

La cousine Manoli fait de la broderie, et Nieves l'accompagne comme elle peut. Des serviettes, des nappes qu'il faut broder avec soin, à la machine à coudre ou à la main. Un pétale puis un autre. Un petit point tout le long. Tout autour. Quand c'est fini, on découpe à l'intérieur pour faire des ajours. Manoli est une experte pour les motifs compliqués… Nieves participe surtout aux tâches simples, comme couper les fils. Après avoir brodé des serviettes ou des choses plus élaborées, elles vont livrer leur travail ensemble près de la Puerta del Sol. Elles sont payées en fonction du nombre de pièces. Tous les jours, Nieves et Manoli rangent les lits, sortent la machine à coudre et les serviettes à broder.

Quant au petit dernier, Cuqui, il ne veut pas travailler à l'école, se fait toujours engueuler par son père, ne prend pas exemple sur l'aîné, Manolito, qui est plus sérieux, plus appliqué. Dans la famille, ils ne se font pas d'illusions. Aucun d'entre eux ne fera d'études poussées.

La vie est douce avec cette famille. Les poivrons frits du midi. Le grand branle-bas de combat du soir avec la table. Le matin où l'on range en riant les lits pliants. Nieves passe l'essentiel de son temps à jouer dans la rue avec ses cousins. C'est nouveau pour elle. Elle oublie l'école franquiste, le *Guide de la bonne épouse*, les châtiments corporels. Elle se dit qu'il faut emmagasiner uniquement les belles choses. Nieves est comme ça. Sa devise : « Négliger la méchanceté, privilégier la joie. »

Autour de la calle de Jaime el Conquistador, le quartier est en plein changement. À quelques centaines de mètres, on est en train de construire le stade Vicente-Calderón, le nouveau stade de l'Atlético de Madrid. Un grand chantier a commencé, envahi de barres de fer qui traînent. Le chantier n'est ni clos, ni gardé. C'est l'été. Nieves et ses cousins vont y traîner le soir, quand la chaleur du jour est retombée. Ce sont de folles parties de cache-cache. Personne ne prête attention à eux. Ils errent dans un foutoir magique, avec un tas d'objets hétéroclites déposés par terre dans une savante poésie. Nieves adore marcher sur les poutres en équilibre...

Juste à côté du chantier, il y a le río Manzanares, le fleuve qui traverse Madrid. Nieves aime bien se promener près du fleuve. Il n'y a pas beaucoup d'eau qui coule dedans, en été il est toujours à sec. Quelques vasques persistent, ici et là ; les enfants y pataugent ; on se rafraîchit, on s'éclabousse, on s'y baigne en petite culotte. Ce n'est pas triste ! C'est même la belle vie. Nieves, qui est fille unique, se sent tout à coup entourée. Ses cousins sont plus grands, mais pas trop. Elle est intégrée à leur bande. Jouer est une chose très sérieuse, une aventure... Dans cette cohabitation qui va durer plus longtemps que prévu, elle vit les plus beaux mois de son enfance.

Avant le départ.

LE DÉPART

Nieves va rejoindre ses parents à Paris en octobre. Elle va partir en train. Quitter son pays. Tout quitter. Sur une photo datée d'août 1963, une petite photo d'identité de format carré, elle a les cheveux coupés à la garçonne et porte un grand collier. Je trouve qu'elle ressemble à Jean Seberg.

Elle ne sourit pas. Elle arbore un air sérieux qui ne lui

ressemble pas, le regard perdu dans le vague et les cheveux coiffés sagement sur le côté. C'est comme s'il n'y avait pas de vie, de lumière dans ses yeux.

Je lui demande pourquoi.

Elle m'explique qu'elle est allée chez un photographe, faire des photos d'identité pour son passeport, juste avant de partir en France. Ce jour-là, on l'a coiffée, on lui a mis un collier, on l'a décorée «comme un sapin de Noël» afin qu'elle soit présentable auprès des autorités françaises. Elle dit que cette photographie est d'une grande tristesse, parce que c'est l'image d'une petite fille qui va s'expatrier.

— Je n'aime pas cette photographie, dit-elle.

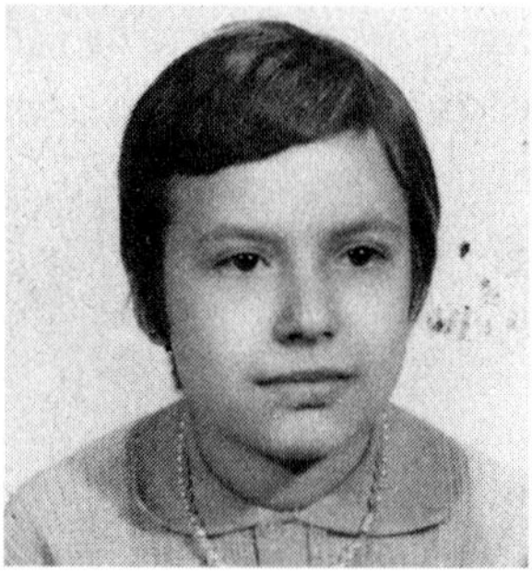

Nieves, neuf ans, à la veille de son départ en France.

Nieves quitte son pays natal en automne. Elle affirme ne se souvenir de rien; j'imagine que le matin de son départ, Bernarda l'accompagne à la gare; ses cousins José Luis et Manolito portent sa valise et lui font des blagues ; sur le quai, devant la porte ouverte du compartiment, elle veut serrer encore une fois Bernarda dans ses bras ; sa tante la repousse avec douceur ; les portes claquent une à une, et le train part comme un vêtement se déchire.

Je ne sais rien de ce voyage.

J'imagine parfois la petite fille qu'elle est regarder le paysage par la fenêtre. Elle voit défiler les terres sombres de la Castille. Puis les grandes ombres des Pyrénées qui montent et qui descendent. Ou peut-être qu'elle ne voit rien du tout.

Est-ce qu'elle regarde par la fenêtre ?

Est-ce qu'elle pleure ?

Est-ce qu'elle dort ?

Dans ses bagages, elle a emporté quelques vêtements. Et un livre. Une encyclopédie de sciences naturelles. Voilà. Peut-être qu'elle lit.

J'ai longtemps voulu me documenter pour reconstituer cette partie précise de l'histoire de ma mère. Quelque chose m'en empêche. Comme si je contrevenais à son silence. Il y a des vides dans cette histoire. Mon rôle est-il de les combler ou de les accepter ? Je n'arrive pas à inventer ce voyage. Dois-je faire l'ellipse ?

Parfois je me console en me disant que ce voyage était exceptionnel.

Qu'elle a croisé un long convoi de soldats fous.

Qu'elle a bravé la peste et le choléra.

Qu'elle a perdu un mouchoir en montant dans le train ou qu'elle transportait un revolver dans son sac.

Une nuit, alors que je commençais l'écriture de ce livre, j'ai vu ma mère en rêve.

Dans ce rêve, elle est à la fenêtre d'un train et elle sourit. La lumière est belle. Peut-être que, comme l'écrit Jean Giono, « le soleil n'est jamais si beau que les jours où l'on se met en route ». Nieves est en route pour un grand voyage. Pour une nouvelle vie. Elle regarde par la fenêtre, la lumière éclaire son visage. Elle contemple le paysage et elle sourit.

Je sais que c'est un rêve. Un rêve, c'est une fiction qui dit la vérité.

L'ARRACHEMENT

Vacances de la Toussaint, octobre 1963. Nieves découvre la porte de la Muette, dans le seizième arrondissement de Paris, sous une pluie battante, froide, interminable, sournoise, qui lui glace les os. Où est le soleil madrilène ? Pendant les trois semaines qui suivent son arrivée, il pleut sans discontinuer sur Paris.

Comment peut-il pleuvoir autant dans une ville ? C'est ça, l'eldorado dont parlaient ses parents ? Elle aurait préféré l'Australie et ses kangourous. En lieu et place de marsupiaux, une petite chambre de bonne porte de la Muette. C'est là que Carmen est logée, en échange d'un coup de main pour des travaux de couture. En guise de table, on utilise les valises.

L'arrivée à Paris est épouvantable, l'exil un arrachement. Une transplantation brutale, violente. Elle se sent comme une plante qu'on aurait extirpée de son sol originel pour la laisser mourir. *Transplantation*. Action d'extraire de la terre pour replanter ailleurs. De greffer un organe prélevé sur un individu, vivant ou non, dans un autre organisme vivant. Ou encore : De faire passer une personne, un animal d'un pays, d'un lieu, d'un milieu dans un autre, avec la perspective d'un établissement durable. *Se transplanter*. Quitter un séjour pour s'établir dans un autre.

Même son prénom, Nieves, est trop compliqué à prononcer. Comme son prénom complet est Maria Nieves, sur la carte de séjour, on l'appelle simplement Maria.

En Espagne, la famille était très pauvre, c'est vrai, et cette pauvreté était douloureuse, mais ils étaient pauvres *comme des millions d'autres gens*.

Nieves découvre que c'est relatif, la pauvreté. Être pauvre *là-bas* et être pauvre *ici*, cela n'a rien à voir. Au milieu du seizième arrondissement de Paris, c'est différent.

Ici, Nieves est une pouilleuse.

L'exil est une blessure, une condamnation, un bannissement, une destitution, une indignité, un rejet.

Maria, prénom de paria.

Elle ne se sent pas la bienvenue dans ce nouvel environnement.

Un jour qu'elle se promène au jardin du Ranelagh, elle croise deux petites filles qui habitent au premier étage de son immeuble, une blonde en col Claudine et une brune avec un petit ruban rose dans les cheveux. Les deux fillettes la pointent du doigt en riant :

— Conchita !

Elle met un moment à se rendre compte que les deux filles s'adressent à elle.

— Conchita ! T'es sourde ou quoi ?

Elles font de grands gestes.

Nieves aimerait répondre que oui, ça tombe bien, elle est malentendante, elle a failli mourir après sa naissance. Mais elle comprend vite que les deux filles à la gueule d'ange n'ont pas de bonnes intentions.

— Tu viens faire le ménage chez nous ?

Elles s'esclaffent dans leur robe à pois. Nieves a honte de sa vieille robe et de ses sandales. Elle bredouille, le rouge lui monte aux joues. Les petites bourgeoises se moquent :

— Conchita ?

— Conchita Ramirez !

Elle essaie d'expliquer qu'elle ne s'appelle pas Conchita, mais les mots ne viennent pas.

— T'es muette, aussi ? Sourde et muette ?

— C'est la muette de la Muette !

— Pouah… Laisse tomber, elle ne comprend même pas le français.

Nieves ravale sa colère, serre les poings et passe son chemin, anéantie. Elle sait à partir de ce jour qu'elle va devoir *se blinder*. Se blinder pour se protéger. Et aussi : beaucoup s'aimer. Beaucoup, beaucoup s'aimer elle-même pour résister à l'exclusion. Elle pardonnera souvent à celles et ceux qui lui ont fait du mal. Mais elle n'oubliera jamais.

Elle a deux catégories d'ennemis dans sa nouvelle situation. Ceux qui lui font du mal, et ceux qui laissent faire, qui détournent le regard, qui ne portent pas secours. Ceux de la seconde catégorie sont les pires, parce qu'ils sont lâches. Si seulement elle connaissait la langue… Elle pourrait *rompre le silence*.

MÉTRO YVETTE

J'ai longuement parlé avec Nieves pendant l'écriture de ce livre. J'ai tiré de nos échanges certains éléments de réponses, et surtout beaucoup de nouvelles questions. À Noël 2018, j'ai interrogé Carmen, qui ne perd jamais une occasion de raconter des souvenirs, et j'ai enregistré ces conversations. La voix de ma grand-mère me bouleverse, son mélange naturel d'espagnol et de français me ravit. Comme le rire sonore de ma mère, qui ponctue parfois ces enregistrements.

CARMEN : Quelle histoire, *la de la abuela* !

MOI : En quelle année tu es venue en France ?

CARMEN : *En el 63 !*

MOI : Tu es venue comment, à pied ?

CARMEN : Non ! Je suis venue toute seule !

MOI : Toute seule ?

CARMEN : Papi est parti sans moi ! On vivait avec une personne âgée, une patronne que j'avais quand je me suis mariée. Elle m'a fait la vie impossible ! Papi a dit : « Si c'est comme ça, je m'en vais à Paris ! Je vais travailler ! Et on va acheter un appartement… » *Y se vino* tout seul…

Elle poursuit :

Je suis arrivée ici avec mon valise ! Et papi m'attendait à la gare ! Il a dit : « Tu es venue mais on ne sait pas où tu vas dormir ! Un ami que je me suis fait ici connaît des filles qui sont espagnoles et qui vivent dans une chambre de bonne. Je vais leur demander si elles peuvent nous loger pour un mois… Une semaine… » C'était le temps que je cherche du travail. J'ai dormi trois jours là-bas, et après, j'ai trouvé une petite chambre. Je travaillais deux heures par jour pour la chambre !

MOI : Tu faisais quoi, comme travail ?

CARMEN : De la couture et des ménages ! Alors j'ai fait venir Nieves, ta mère !

Ma mère intervient joyeusement dans les entretiens en entendant son prénom d'enfant.

NIEVES : Tu vois ! Elle a dit spontanément mon nom, Nieves ! Là-bas, on ne m'appelait jamais Maria Nieves, encore moins Maria !

CARMEN : Elle est entrée dans une bonne école… C'était au métro Yvette, Paris seizième !

MOI : Métro Yvette ? Tu veux dire, métro La Muette ?

CARMEN : Voilà !

J'arrête ici la retranscription – car c'est le repas de Noël, et il est temps de se mettre à table, Carmen a préparé une canette aux marrons.

Madrid, novembre 1962. Portrait de Carmen et Nieves destiné à Paco, parti avant elles en France.

LA HONTE

Le sentiment dominant de Nieves à son arrivée en France, c'est la honte de ne pas parler le français. Sans accès à la parole, elle redevient une enfant. Du latin *infans*, « qui ne parle pas ». Ne pas parler, c'est être sans défense. Dans le rapport empêché à la parole se joue l'enfermement insidieux de la honte. Ici, Nieves a l'impression d'avoir moins de valeur que les autres. Elle sent qu'elle n'a pas sa place.

Les premiers mois sont les plus difficiles. Elle n'arrive pas à comprendre comment cela a pu arriver. Se retrouver tout à coup muette, impuissante. Pendant des semaines et des semaines. Si elle était une touriste, ce serait différent. Elle n'est pas une touriste. Elle est une immigrée.

Nieves est en colère contre le régime franquiste espagnol qui n'est pas capable de garder ses ressortissants. C'est inqualifiable. Elle comprend qu'au fond, cela arrange bien le régime qu'elle soit partie. Les envois d'argent au pays. Elle n'a pas la nostalgie de la terre natale. Elle n'a pas envie de revenir. Mais ici, elle ne maîtrise pas un fichu mot. Être privée de langue, c'est terrible. Ça reste. Ça marque. Elle ne comprend pas un seul des signes autour d'elle. Elle se retrouve dans un lieu qu'elle ne connaît pas. Qu'elle ne déchiffre pas. Heureusement, cet état ne va pas durer longtemps.

Dos au mur, Nieves apprend vite et récupère, comme une bouée de sauvetage, des mots pour recommencer à exister. Au bout d'un an, elle commence même à se… dépatouiller. *Se dépatouiller*: la langue française regorge de termes qui lui plaisent.

LA PLAINE SAINT-DENIS

Hiver 1963. Carmen et Nieves quittent la porte de la Muette pour la Plaine Saint-Denis. Après la Seconde Guerre mondiale, la Plaine Saint-Denis est devenue la plus grande zone industrielle d'Europe. Elle a connu, depuis le dix-neuvième siècle, un développement ouvrier sans précédent. D'immenses gazomètres contiennent plusieurs centaines de milliers de mètres cubes de gaz qui approvisionnent tout Paris. Saint-Denis est la ville de la région parisienne où sont installées le plus d'usines, pour une raison pratique : la zone est l'une des plus plates d'Europe. La Plaine, c'est tout plat, c'est pour ça qu'on l'appelle ainsi. Certains noms ont la poésie de l'évidence.

Nous voilà donc dans le poumon de l'industrie française, grâce au chemin de fer et aux nombreux canaux qui acheminent sans obstacles le charbon depuis le Nord et la Belgique. Les métaux arrivent du bassin minier de Lorraine, et les matières premières venues de l'étranger sont transportées par la Seine depuis les ports du Havre et de Rouen. L'industrie chimique et la métallurgie sont présentes depuis le siècle précédent, les usines portent des noms qui évoquent la gloire de l'industrie :

La Société anonyme des matières colorantes et produits chimiques de Saint-Denis.

L'usine Deiss et Monnier pour la fabrication des sulfocyanures au moyen des sulfures de carbone.

La célèbre Manufacture des bougies de l'Étoile.

La Manufacture d'engrais chimiques.

La Société de la stéarinerie française, qui extrait, par saponification des graisses végétales ou animales, de la stéarine, une substance solide et nacrée qui sert à fabriquer les bougies.

La Société des aciéries de Paris et d'Outreau.

La fonderie en deuxième fusion Devaux.

L'usine Cazeneuve qui fabrique des machines-outils.

L'Atelier de réparation de la Compagnie des chemins de fer du Nord.

Et bien sûr, l'usine de pianos Pleyel, pour la beauté de l'art et le plaisir des riches.

Au collège, des années plus tard, Nieves découvrira ces vers célèbres de Victor Hugo, dans le poème « L'Expiation » : « Waterloo ! Waterloo ! Waterloo ! morne plaine ! » Elle se demandera ce que le grand poète aurait écrit, si la bataille avait eu lieu dans le 93 : « Saint-Denis ! Saint-Denis ! Saint-Denis ! c'est la Plaine ! »

PRINCESSE DE L'EXIL

18 rue Berthier, aux Quatre-Chemins, à la frontière entre Pantin et Aubervilliers. En arrivant à la Plaine, Carmen et Nieves logent dans un hôtel pour immigrants. Chambre miteuse. Point de chute de fortune. Dans l'hôtel s'entassent d'autres familles et Nieves pense, entre soulagement et désespoir : « Tiens, des comme nous ! » L'hôtel de la rue Berthier est au confluent de tous les fleuves de l'immigration, toutes les couches de la misère humaine, exilés, expatriés, excommuniés, déshérités… Tous ceux que Baudelaire appelle les « princes de l'exil ».

Paco travaille dans une fonderie à Beaumont dans le nord de Paris. C'est là qu'il a trouvé du travail quand il est arrivé seul en France. Il est logé dans une cabane de chantier et dort là-bas durant la semaine. L'usine est trop loin de Pantin pour qu'il puisse faire l'aller-retour matin et soir.

Carmen fait des ménages dans les beaux quartiers à Paris. Avec son habituelle débrouillardise et sa bonne humeur, elle a rapidement trouvé deux patronnes, madame Amar et mademoiselle Deleuze. Tous les matins, elle quitte Pantin et se rend dans le centre de Paris chez madame Amar, propriétaire d'un cirque célèbre, près des Invalides. Ensuite, elle file chez mademoiselle Deleuze, grande bourgeoise fortunée qui habite avenue Matignon. Parfois, elle fait une troisième maison, une quatrième, une cinquième, puis elle rentre à l'hôtel de la rue Berthier.

Carmen dit à qui veut bien l'entendre qu'elle travaille *aux Invalides*, dans le grand hôtel des Invalides. C'est à peu près la même chose, puisque madame Amar habite non loin. *When the legend becomes fact, print the legend.* Tout le monde est persuadé que Carmen nettoie en personne, chaque matin, le tombeau de Napoléon. Puis elle laisse entendre qu'elle se rend directement *à Matignon*, chez le Premier ministre de l'époque, Georges Pompidou. Presque. C'est avenue Matignon, chez sa patronne adorée. À l'hôtel, Carmen fait un tabac, elle impressionne beaucoup les autres familles qui viennent de toutes les rives du monde. Il faut dire qu'elle aime bien raconter des histoires, même en exagérant certains détails. La vie est plus belle quand on la raconte.

Peu à peu, elle se lie d'amitié avec Encarnación, une autre femme de ménage espagnole qui traverse une période difficile. Elle devait s'installer dans un appartement à Saint-Denis avec son fiancé. Un logement équipé, avec des meubles neufs qu'elle a choisis elle-même.

Mais au dernier moment, Encarnación s'est séparée de son fiancé. Même les exilées ont des chagrins d'amour. Encarnación est bien embarrassée, elle aimerait rentrer en Espagne avec sa petite fille. Carmen console son amie dans la détresse, et, de fil en aiguille, celle-ci leur propose de reprendre son logement à la Plaine Saint-Denis. Ni une ni deux, Carmen accepte. Encarnación leur laisse même les meubles neufs en formica.

Encore un départ !

LA PETITE ESPAGNE

Rue du Landy, Saint-Denis, 1964. Nieves et ses parents habitent la Petite Espagne. L'histoire de ce quartier est profondément liée à celle de l'immigration. À la fin du dix-neuvième siècle, alors que le taux de natalité baissait fortement en France, on a commencé à faire appel à une main-d'œuvre immigrée. Des Belges, des Italiens, des Polonais. Le racisme et la xénophobie étaient si importants que la police a opéré un recensement des étrangers en France. « Trop de Belges ! Trop d'Italiens ! », titraient les journaux populaires. Tout cela alimentait l'inquiétude à l'égard des immigrés. En réalité, les étrangers étaient prêts à occuper des emplois pénibles, à être mal rémunérés et à se loger au plus près des usines. Au début du vingtième siècle, les Espagnols sont arrivés à la Plaine. Les hommes travaillaient dans les usines, les femmes dans les chiffonneries et les boyauderies pestilentielles où l'on transformait en baudruche les intestins des animaux.

Puis vient la Première Guerre mondiale, les usines françaises construisent alors des mitrailleuses. Les immigrants prennent le relais des ouvriers français partis au front. L'usine Mouton recrute des Espagnols pour fabriquer du fil de fer barbelé. C'est à cette époque que les Espagnols s'installent par milliers entre Saint-Denis et Aubervilliers, dans un quartier aux ruelles malfamées. Les Français se plaignent de leur présence et les témoignages racistes se multiplient. Ce ghetto insalubre est baptisé la Petite Espagne. L'avenue du Président-Wilson à l'ouest, le canal Saint-Denis à l'est, la rue du Cornillon au nord et la rue du Landy au sud forment les limites du quartier. Pas d'accès au gaz ni à l'eau courante. L'approvisionnement se fait à la fontaine située à l'angle des rues de l'Espoir et Cristino-Garcia.

Dans l'entre-deux-guerres, la Petite Espagne voit arriver la deuxième vague de l'immigration espagnole. Il y a les premiers migrants politiques, qui viennent après la répression du soulèvement des Asturies en 1934. Puis l'exode tragique des vaincus de la guerre civile, ces centaines de milliers de républicains qui fuient les sinistres camps français et se réfugient à la Plaine.

En septembre 1941, le destin du quartier se mêle à celui de la Résistance. Une importante rafle est organisée à la Petite Espagne par la police française et la Gestapo, qui conduit à l'arrestation de nombreux résistants. Les guérilleros espagnols luttent avec les FTP-MOI (Francs-tireurs et partisans-Main-d'œuvre immigrée) de la région parisienne. Sur l'Affiche rouge, hideuse affiche de propagande allemande, aux côtés de Szlama Grzywacz, Thomas Elek, Wolf Wajsbrot, Robert Witchitz, Maurice Fingercwajg, Joseph Boczov, Spartaco Fontanot, Marcel Rajman et Missak Manouchian, on trouve le nom de Celestino Alfonso : « Espagnol rouge, 7 attentats ». Il sera exécuté avec le reste du groupe Manouchian. À la Libération, les premiers chars de la 2e DB du général Leclerc ont un équipage de républicains espagnols. Ce sont les hommes de la 9e compagnie, la « Nueve », qui sont les premiers à entrer dans Paris, le soir du 24 août 1944. Leurs autochenilles portent les noms de batailles de la guerre d'Espagne, Teruel et Guadalajara. Au quartier, Nieves et ses parents connaissent des voisins qui sont d'anciens résistants.

Quand ils arrivent à Saint-Denis, ils font partie de la dernière vague de l'immigration espagnole. On peut se représenter ce peuple invisible grâce aux images des bidonvilles de banlieue parisienne prises par Chris Marker dans *Le Joli Mai*. La petite histoire raconte aussi, à sa façon, la grande. Carmen, Paco et Nieves font partie de ces millions d'hommes et de femmes partis un jour en quête d'une Terre promise.

Et si la vraie nouvelle vague, c'était eux ? J'ai entendu parler durant mes études secondaires des Trente Glorieuses, du baby-boom, des yéyés et de Johnny, de Jean-Luc Godard et de mai 1968 : on ne m'a jamais donné les moyens d'appréhender cette mémoire familiale.

Pourquoi, en France, les jeunes générations n'ont pas davantage accès à l'histoire de l'immigration ? Pourquoi cette histoire commune, belle et nécessaire, n'est pas inscrite dans les programmes scolaires ? Pourquoi des phénomènes aussi massifs occupent-ils si peu de place dans la mémoire collective ? Quelle amnésie nous constitue ?

Nous rêvons de héros et d'héroïnes différents. Des héroïnes exilées. Des héroïnes étrangères. Des héroïnes de l'immigration. Réhabiliter la mémoire de nos proches, ce pourrait être un début. Ma mère, comme ma grand-mère, comme des millions d'autres femmes étrangères arrivées en France à cette époque, est une héroïne.

DESTINS

Coïncidence troublante. En me documentant, j'ai découvert que le quartier de la Petite Espagne était né en 1911 au croisement de l'avenue du Président-Wilson et de la rue de la Montjoie à Saint-Denis. Or ces rues ne m'étaient pas inconnues. J'ai fait une rapide vérification sur Google Maps.

J'ai sursauté. Fouillé dans mes vieux courriers. Oui, à cette même adresse, j'étais déjà venu, en 2012, pour les enregistrements des émissions du jeu télévisé *Questions pour un champion*. Le studio était situé au 144, exactement à l'angle des deux rues. Dans le cœur historique de la Petite Espagne… Heureux qui comme Ulysse revient à Saint-Denis après un long voyage. J'avais un avantage certain pour participer à l'émission. Je jouais à domicile !

« Ce qui ne vient pas à la conscience revient sous forme de destin », dit Jung. Ce que nous ne voulons pas savoir de nous-mêmes, ce que nous évitons de reconnaître en nous-mêmes, tout ce qui n'est pas formulé, pas su, tout ce qui est ignoré, effacé, tout ce qui se love et se cache dans les silences brûlants du passé, tout cela, je crois que nous le rencontrons, un jour ou l'autre, et que nous devons l'affronter.

LES ROIS MAGES

L'immeuble de la rue du Landy est insalubre et vétuste. Pas vraiment un immeuble, d'ailleurs. Plutôt un taudis avec des chambres. Un vieux poêle pour se chauffer. Toilettes au fond de la cour. Pas de salle de bains, on se lave avec un gant. Au quartier, c'est simple. Deux familles françaises en tout et pour tout. Pour le reste, ce sont des Espagnols, des Portugais, des Algériens.

Juste à côté, un foyer de travailleurs sénégalais. Uniquement des hommes. Nieves est fascinée. Elle les regarde passer sur la terrasse, trouve leurs vêtements magnifiques. Elle imagine que ce sont des chefs de clan exilés qui portent des grandes toges. Des princes. Ces hommes doivent être de grands sages. Des Rois mages !

Elle ne connaît pas l'Afrique. En parlant avec eux, elle comprend. Ce sont leurs habits de tous les jours. Mais dans son imagination, ils restent des rois. En réalité, les Rois mages du foyer d'à côté construisent l'autoroute du Nord, dont le chantier n'est pas très loin. Les travaux viennent de commencer à Saint-Denis. C'est le règne de l'automobile depuis les années 1950, les villes adaptent leur urbanisme dans la douleur. L'État n'épargne pas la banlieue : à Saint-Denis est construite la première grande autoroute française en milieu urbain.

Quand Nieves se promène sur l'avenue du Président-Wilson, les arbres déracinés ont laissé place aux murs de béton ; au centre de la ville, il y a un trou béant. Une immense tranchée profonde de six mètres et large de soixante-cinq. « Pour les quinze mille riverains, c'est le début d'une vie plus calme », promet un film d'époque du service des Ponts et Chaussées.

En réalité, Saint-Denis subit de plein fouet les désagréments du chantier. Quatre-vingt-seize mille mètres cubes de béton. Six cent mille mètres cubes de déblais qui serviront pour les collines du parc de La Courneuve. Les voies de circulation sont au ras des immeubles. Et les boutiques ont disparu. La Plaine est détruite par un ravin.

Nieves grandit au bord de l'autoroute.

LE POÊLE

1964. Nieves vit dans ces conditions singulières. Pour se chauffer, le charbon est dans la cave. Elle descend tous les soirs afin d'alimenter le poêle.

— Ce poêle... il est aussi vieux que Mathusalem ! s'amuse Carmen.

On n'a pas expliqué à la famille que le vieux poêle est dangereux. Que si le tirage est insuffisant et les lieux mal aérés, le monoxyde de carbone peut s'accumuler dans la pièce et provoquer la mort. Qu'en le respirant, on perd conscience. Que dans ces cas-là, il faut ouvrir grandes les fenêtres, quitter la pièce, fuir le plus rapidement possible.

Une nuit, du monoxyde de carbone se répand dans l'appartement, la famille dort à poings fermés. Carmen se réveille en pleine nuit, dans une torpeur inhabituelle. De justesse, elle tire Paco et Nieves de leur abrutissement. Ils sortent de l'immeuble à toute vitesse.

— Vous l'avez échappé belle ! leur dira Souleymane, un travailleur du foyer voisin.

Les accidents sont fréquents dans le quartier.

C'est un miracle car toute la famille dormait profondément. Carmen raconte que deux anges lui sont apparus en rêve, deux anges jumeaux qui veillent sur elle depuis qu'elle est petite.

LE CARTABLE ET LE SCOTCH

Nieves arrive en cours d'année scolaire dans une école de filles de Pantin, même si elle n'habite plus à l'hôtel de la rue Berthier désormais. Elle prend le bus depuis Saint-Denis. Pour son premier jour de classe, elle reçoit ses nouveaux livres. Un trésor fabuleux. Des manuels scolaires d'une beauté incroyable. Elle les ouvre avec enchantement. Elle est si fière, même si elle ne comprend pas encore ce qui est écrit dedans. C'est autre chose que le *Guide de la bonne épouse* !

Ce jour-là, après la classe, Nieves va chercher des fournitures scolaires au Prisunic des Quatre-Chemins. Elle se pâme devant les rayons, pose son cartable à côté d'elle et regarde avec fascination les rayonnages… Le gros crayon à bille aux quinze couleurs incorporées. La belle gomme bleu et rose dernier cri qui ressemble à de la pâte à modeler. Cette trousse extraordinaire… Et le taille-crayon avion !

Elle s'attarde parmi les merveilles.

Quand elle se retourne, quelques instants plus tard, elle ne voit plus son cartable. Elle cherche partout dans le magasin, dans les rayons, s'affole. Peine perdue. Le cartable a disparu. Le premier jour de classe, Nieves se fait voler son cartable au Prisunic. Quand elle arrive à la maison, le visage défiguré par le chagrin, Carmen la console :

— Ne pleure pas, on va aller voir la directrice !

Le lendemain matin, elles se rendent ensemble dans le bureau d'une femme à l'air sévère. Carmen ne sait pas parler français. Elle baragouine. Cartable. Prisunic. Vol. Il faut des nouveaux manuels rapidement.

La directrice ne leur fait pas confiance :

— Je refuse catégoriquement de vous donner de nouveaux manuels, à titre de sanction ! Vous avez perdu les livres ? Et en plus, vous me racontez des bobards avec cette histoire de vol ? Tant pis, débrouillez-vous !

Et de conclure :

— Je n'aurai aucune tolérance, les leçons devront être apprises.

Nieves est sidérée. Refuser à une gamine paumée, qui ne parle même pas la langue, de lui donner les manuels scolaires dont elle a besoin… Elle trouve que ce pays a en apparence bien des richesses, mais que pour la gentillesse, il y a des progrès à faire. Sa première année d'école se fera sans manuels.

Est-ce là qu'est née sa vocation d'enseignante ? Plus tard, Nieves essaiera d'inventer une école plus juste. Pour elle, enseigner, ce sera bien autre chose que le simple fait de remplir une tête. En attendant, elle doit quand même faire ses devoirs. Travailler. Elle arrive plus tôt le matin, reste tard le soir après les cours, en étude. Dans la salle, elle trouve toujours quelqu'un qui lui prête un manuel. Elle recopie à la main. Elle peine, la plupart des mots ne sont que des signes dont elle ne comprend pas le sens. Qu'importe. Elle y parvient.

Elle essaie de faire ce qu'on lui demande. Être privée du nécessaire va paradoxalement renforcer sa détermination. Sa fierté lui ordonne de ne pas baisser les bras. Même si la marche à gravir est haute, il faut y arriver ! Faire face à l'adversité. Transformer la douleur en force motrice. Se surpasser. En sortir fortifiée. Être architecte de sa propre joie et de son propre destin.

Pendant les cours, sa voisine de table lui explique les mots ou la consigne. Un jour, l'institutrice s'agace : elle ne tolère pas qu'une petite fille bavarde. Elle fouille dans un tiroir, sort un énorme rouleau de scotch, se dirige vers Nieves et, avant que celle-ci puisse saisir ce qui lui arrive, lui met du scotch sur la bouche :

— Ça va te clouer le bec !

Nieves est bâillonnée. La violence sociale s'inscrit d'abord dans le corps. Après tout, c'est une petite fille, elle est pauvre et elle est étrangère. Cela fait trois bonnes raisons de la faire taire.

Dans sa tête, un tourbillon. On l'a privée de livres, à présent on lui ôte la parole ? Elle est une fois de plus réduite au silence dans ce nouveau pays qui prétend l'accueillir. En Espagne, on la forçait à faire le Christ, ici on lui scotche la bouche.

Terre d'accueil ? Terre promise ?

Tu parles.

ON NE RIGOLE PAS

Automne 1964. Adamo pleure parce que *Tombe la neige*, Bobby Solo essuie *Una lacrima sul viso* et Jean Ferrat chante *Nuit et brouillard*. On sait être joyeux dans l'industrie musicale de l'époque. Nieves parle désormais français. Enfin, un peu. De mieux en mieux. Elle brille surtout en calcul. Son père Paco lui a appris les tables de multiplication. C'est ça qui est bien avec les maths : c'est un langage universel. Quand le monde va trop vite, quand plus rien n'a de sens, les mathématiques sont rassurantes.

Elle n'a toujours pas le droit de parler espagnol à l'école, ni même de mentionner qu'elle parle espagnol sous peine d'être punie. Certains camarades s'amusent à la dénoncer quand elle s'exprime dans sa langue maternelle.

Un jour, en classe, les petites filles doivent commenter la fable de La Fontaine « Le Corbeau et le Renard ».

Nieves, qui adore les fables de La Fontaine, se porte volontaire. Son exposé est remarquable. Elle conclut :

— Le renard rigole.

À sa grande surprise, le visage de l'institutrice se ferme. Elle est sévèrement tancée :

— Le verbe *rigoler* est vulgaire ! explique la maîtresse devant toute la classe. Nieves, vous allez au coin !

En France on ne rigole pas – on rit.

Nieves est humiliée. À la maison, elle entend toujours ses parents *rigoler*. Est-ce que la xénophobie, c'est cela ? Quelque chose comme la maladie d'un corps social, à laquelle elle est soudain confrontée ? Est-ce que c'est un piège, un piège auquel on ne peut échapper ?

Nieves, onze ans, à l'école primaire de Pantin.

Nieves en veut à l'institutrice, cette femme presque à la retraite qui l'a choisie comme bouc émissaire. Elle gravit les obstacles, donne tout, et au moindre faux pas on la fait dégringoler. Il faut repartir de tout en bas. Qu'importe, elle n'abandonnera jamais. Sur son cahier d'écolière, elle inscrit sa devise : « Il ne faut jamais se décourager. »

LA JOIE

Nieves est sensible à la beauté de la nature. Un dimanche au parc, avec ses parents, elle sent les vibrations d'un arbre. Elle s'approche de lui, l'entoure de ses bras. Elle songe que l'arbre était là avant elle et qu'il sera là après. Sa vie n'est qu'un instant sur la ligne du temps. Elle se demande : « Qu'est-ce que le Temps ? »

Les jeudis et pendant les vacances, elle va au centre aéré de Pantin, avec des enfants sociologiquement plus proches d'elle. Elle adore aller en excursion dans la forêt de Carnelle. La simple réalité des choses est sa découverte de tous les jours. Il est difficile d'expliquer combien cela lui donne de la joie, et combien cela la satisfait. Il lui suffit d'exister pour être complète.

Chaque moment qu'elle vit est une joie nouvelle. Parfois, elle se penche pour regarder un caillou. Elle n'a pas de pensées particulièrement profondes. Elle aime ce caillou pour ce qu'il est. Il existe sans doute depuis des millions d'années. D'ailleurs, même s'il vient du chantier de l'autoroute, elle l'aime bien. Elle marche dans les rues de Saint-Denis. Elle écoute passer le vent. Et rien que pour entendre passer le vent, ça vaut la peine d'être née.

Elle sait que pour les autres enfants c'est difficile à comprendre. Mais elle est heureuse comme ça. Elle éprouve de la joie sans avoir besoin de trop réfléchir. Elle ressent cette beauté. C'est tout simple.

Une fois, un voisin lui a dit qu'elle avait une âme d'artiste. Cela l'a émerveillée. Elle n'imaginait pas qu'on puisse donner un nom à cela. Elle n'est pas une artiste. Elle ouvre simplement les yeux et regarde le monde.

L'INCENDIE DE L'USINE DU LANDY

Ces années à Saint-Denis sont marquées par un sentiment d'étrangeté. La Petite Espagne est un drôle de lieu. Vivre comme ça, sans toilettes, sans rien... Nieves se demande comment des endroits pareils peuvent exister en France sans que personne intervienne. Mais elle n'est pas malheureuse.

Depuis sa fenêtre, elle aperçoit les grandes bonbonnes de l'usine de gaz du Landy, les anciens bâtiments de La Fibre Diamond. La Plaine Saint-Denis est parsemée de gazomètres, des constructions d'une capacité immense qui stockent tout le gaz de la capitale. Le gazomètre numéro 9, le plus grand de la région parisienne, possède une capacité de deux cent vingt-cinq mille mètres cubes. Vous connaissiez *N° 5* de Chanel ? Il y a aussi *N° 9* de Saint-Denis.

Une nuit, la famille est réveillée en sursaut par une gigantesque déflagration qui fait trembler tout l'immeuble. Des flammes jaillissent haut dans la nuit. Le ciel de Saint-Denis rougeoie dans une lumière d'apocalypse. Sur le sommet de la bonbonne de gaz la plus élevée, Nieves croit distinguer un immense cheval de feu qui se cabre avec des tourbillons d'étincelles. L'incendie se voit de très loin, les pompiers mettront une journée à l'éteindre.

Tout le monde sort précipitamment dans la rue, en laissant les affaires à l'intérieur. Nieves, elle, a pris son cartable sur son dos, à la grande stupéfaction de Carmen.

— Oui, *mamá* ! Je ne veux pas perdre mes livres !

Avec l'incendie de l'usine, elle a le sentiment d'échapper à nouveau à la mort, par miracle.

MADAME BLIN

Au CM2, Nieves a une nouvelle maîtresse. Madame Blin est gentille avec elle et prend en compte ses difficultés. On dit qu'il y a des personnes que l'on croise, que l'on connaît à peine, qui vous disent un mot, une phrase, vous accordent une minute, et changent le cours de votre vie. Si cela est vrai, madame Blin en fait partie. Avec elle, Nieves se sent pousser des ailes et travaille comme jamais. Sa métamorphose est spectaculaire, elle s'épanouit comme une plante qui reçoit tout à coup de la lumière. Le plus difficile, c'est toujours la langue française. Orthographe. Grammaire. Heureusement, la lecture donne accès à un ensemble de mots, d'expressions.

Elle les mémorise, les imprime. Très vite, elle passe dans la tête de classe. Les enfants sont classés pour les compositions mensuelles. Le nom de Nieves est affiché dans la cour au tableau d'honneur. Tous les mois, un paquet de récompenses. Quand elle va à l'école, maintenant, elle a les yeux qui brillent. À la fin du CM2, sous le regard bienveillant de madame Blin, elle est deuxième au classement général et reçoit le prix d'honneur. On lui offre pour récompense un livre de Marcel Aymé, *Les Contes du chat perché*, dans une édition illustrée.

Ma mère a gardé ce livre toute sa vie, que j'ai lu moi-même des dizaines de fois pendant mon enfance.

Avec madame Blin, la petite Nieves fait aussi du théâtre.

Pour le spectacle de fin d'année, elle répète *Knock* avec ses camarades dans la salle polyvalente de Pantin. Elle s'exprime avec aisance. Madame Blin est si admirative qu'elle lui confie le rôle principal, le rôle du docteur Knock. Nieves n'en revient pas.

Elle est folle de joie, emplie de gratitude. Elle a envie de *rigoler* mais elle se retient, car en France, on ne *rigole* pas. Le soir de la première, elle est sublime dans son costume de docteur. Devant la salle entière, elle lance la réplique fameuse :

— Ça vous chatouille… ou ça vous grattouille ?

Tout le monde rit à gorge déployée. Nieves est si fière.

À la fin de la pièce, tonnerre d'applaudissements. La tristesse de Nieves fond comme neige au soleil.

À la fin de l'école primaire, Nieves doit choisir entre le collège et le lycée.

Madame Blin lui a bien expliqué. Aller au collège signifie qu'elle ne fera pas d'études longues et s'arrêtera au brevet. Le lycée commence dès la sixième. Avec de telles capacités, madame Blin l'encourage vivement à poursuivre au lycée.

Au même moment, le contrat de Paco à l'usine de Beaumont se termine. Il est question de revenir en Espagne. Les parents hésitent. Est-ce que Paco renouvelle son contrat pour trois ans ? Ou est-ce qu'ils rentrent au pays ? Ils ont mis de côté un peu d'argent, assez pour envisager de rentrer.

Un jour, alors que Carmen descend du bus qui la ramène de Matignon, elle tombe nez à nez avec une femme qui l'interpelle. C'est madame Blin. L'institutrice l'a attendue à son arrêt de bus. Elle veut lui parler de sa fille, la petite Nieves.

Elle dit que ce serait dommage de la priver d'études. C'est plus difficile de faire des études en Espagne. Et là-bas, l'école est payante. Carmen la remercie poliment, madame Blin insiste. Elle ne veut pas se mêler de ce qui ne la regarde pas. Elle sait que c'est leur décision. Elle connaît leurs conditions de vie. Elle n'est pas insensible, indifférente, elle comprend leur situation. Seulement, ce serait vraiment bien pour Nieves si elle pouvait faire ses études en France…

Carmen hoche la tête et remercie à nouveau madame Blin.

Elle va y réfléchir.

Quelques jours plus tard, la décision est prise.

Ils vont rester en France.

CENDRILLON À DINARD

Été 1966. À la fin de l'année scolaire, Nieves change. Elle observe le sang qui coule de son corps avec un mélange de terreur, de stupéfaction et d'émerveillement.

Pour les vacances, Carmen part faire des ménages à Dinard, chez une amie de sa patronne qui possède une villa sur la côte. Nieves voit alors la mer pour la première fois. Dinard, c'est le plaisir d'un vagabondage solitaire. Loin de tout... Elle passe des journées entières livrée à elle-même. Allégée du regard des autres. Dès le matin, elle file à pied vers la mer, emprunte le chemin des Douaniers et longe la côte vers Saint-Lunaire. Parfois, elle prend le bac pour Saint-Malo, flâne dans la cité fleurie d'hortensias, sur les remparts, au port de plaisance... Chaque jour, elle improvise ses errances. L'après-midi, elle accompagne sa mère et les petits-enfants de la patronne à la plage mais ne reste guère près d'eux. Elle nage dans la piscine de mer, naturellement enserrée entre les rochers de l'estran. Elle a appris à nager en CM2 et trouve cela fabuleux d'avoir son diplôme de natation! Voler et nager sont les deux choses qui reviennent toujours dans ses rêves... La mer est une autre planète pour elle: elle observe la vie grouillante dans les vasques et la chevelure des algues.

Elle est une princesse dans son royaume. Mais le soir

venu, elle redevient Cendrillon à contrecœur, dans le sous-sol où elle loge avec sa mère.

ENFANT PRÉCOCE

Septembre 1966. Nieves découvre le lycée pour filles Marcelin-Berthelot, un nouveau monde qui n'a plus rien à voir avec l'école primaire. Elle est ébahie par la beauté de ces bâtiments entièrement dévolus au savoir. Dans la cour, on s'échange le dernier disque de France Gall ou des Beatles.

Elle ne ressent plus la barrière de la langue. Malgré tout, elle éprouve douloureusement l'impossibilité d'être comme les autres. Elle sent bien qu'elle est différente.

Sensible. Quand quelqu'un lui dit quelque chose d'un peu méchant, ça lui fait facilement mal.

Tout va vite dans sa tête.

Elle a l'impression de tout voir, de tout entendre. Tout ressentir.

Elle est envahie par une quantité trop importante d'idées, de paroles, d'informations et de perceptions.

Elle se sent parfois noyée.

Les relations sociales au lycée sont plus faciles avec certains de ses professeurs qu'avec les autres élèves de la classe, avec qui elle ne peut pas parler de choses graves. Elle a des passions que les autres n'ont pas l'air de trouver intéressantes, et qui la font passer pour une excentrique. Elle a commencé un élevage de vers à soie dans une boîte à chaussures et les nourrit de feuilles de mûrier, c'est une expérience marquante de les voir s'enfermer dans la chrysalide, puis d'attendre ce long temps de métamorphose silencieuse jusqu'à l'éclosion du papillon!

Plus tard, elle dira qu'elle est un électron libre. Une inclassable.

Elle vient d'ailleurs. Elle est en décalage. Elle dérange. Et ça tombe bien, elle n'a aucune envie d'être madame Tout-le-Monde.

Nieves a la pudeur des sensitives, *Mimosa pudica*, dont les feuilles se rétractent lorsqu'on les effleure. Elle étudie avec passion. Ce qu'elle apprend lui ouvre des horizons, lui permet d'échapper à la trivialité de son quotidien, lui donne à rêver mille vies. Les disciplines scientifiques la fascinent. La littérature la transporte. Elle se pose une multitude de questions, dont elle trouve parfois des bribes de réponses à l'école ou dans les livres. Et ce qui est pour elle plaisir et joie lui attire de bonnes notes, des compliments, des regards admiratifs. Même si elle a parfois le sentiment d'être une curiosité de cirque.

À la fin de la sixième, elle est hospitalisée pour une appendicite à la clinique des Quatre-Chemins et profite de sa convalescence pour lire l'*Iliade* et l'*Odyssée*. L'*Iliade* est barbante avec tous ces combats entre les Grecs et les Troyens; en revanche elle aime l'*Odyssée*. L'histoire de Pénélope lui fait penser à l'époque où elle brodait des serviettes avec sa cousine Manoli, en attendant que ses parents rentrent au pays… Elle voudrait inventer une Odyssée dont les héros et héroïnes seraient des gens comme elle.

LES BIDONVILLES DE SAINT-DENIS

Depuis l'incendie spectaculaire de l'usine du Landy, Nieves rêve d'un nouveau logement. Dans les années 1960, la Plaine Saint-Denis est couverte d'habitats insalubres et la Petite Espagne est un quartier pauvre parmi d'autres. Ma mère et mes grands-parents font partie de ces gens qui doivent se loger et n'ont pas leur place ailleurs.

Des taudis se sont formés aux périphéries des grandes villes, en particulier dans la banlieue nord de Paris. Avec la guerre d'Algérie et la visibilité de l'immigration algérienne, la France prend peur des immigrants. Pour la première fois, la presse parle de «bidonvilles», mot inventé dans l'entre-deux-guerres pour désigner les quartiers autoconstruits des grandes villes d'Afrique du Nord. La décolonisation et la crise du logement sont les deux sujets de société brûlants de l'époque: le rapprochement est vite fait. Tout le monde se met à parler des bidonvilles de la Plaine. Dès 1957, le terme est employé par Joseph Wresinski, fondateur de l'association Aide à toute détresse, pour désigner le camp de Noisy-le-Grand constitué à la suite de l'appel de l'abbé Pierre. Très vite, il désigne des groupes de baraquements peuplés par des Algériens, des Portugais et des Espagnols. L'immigration devient une question sociale d'ampleur nationale.

Le grand mot qui circule parmi les hommes politiques est *résorber*.

Nieves trouve que c'est un drôle de mot.

Est-ce que c'est la même chose qu'absorber?

Est-ce que sa famille va être *absorbée* par la France? Comme une tache? Incorporée? Comme des soldats? Dans le dictionnaire, la résorption c'est pour de l'eau pourrie. On a l'impression qu'il s'agit d'une mesure d'hygiène. Est-ce une façon de dire que les gens qui y vivent sont sales?

De petits aménagements sont faits, qui ne font que pérenniser ces quartiers pauvres en leur donnant une forme plus respectable. Il y a les enjeux fonciers: faire construire coûte cher, surtout pour loger des travailleurs immigrés. Et puis, l'existence même des quartiers pauvres dérange. Comment surveiller les milliers d'immigrants? Comment les gérer? Et comment justifier l'hypocrisie... qui veut que l'on tolère cette immigration, à condition qu'elle vive dans la misère?

Dans la Petite Espagne, un nouvel incendie coûte la vie à cinq travailleurs africains. Les quartiers pauvres deviennent un poids moral et politique, même si l'écart grandit toujours entre l'urgence proclamée et la lenteur des résultats. À Saint-Denis, les principaux bidonvilles existeront jusqu'au début des années soixante-dix et marqueront durablement la mémoire de l'immigration.

HAUTE COUTURE

Lorsqu'elle ne va pas au centre aéré, Nieves reste à la maison, où elle ne s'ennuie jamais. Les patronnes de

Carmen font cadeau de robes qu'elles ne portent plus – robes à peine défraîchies de chez Dior, Yves Saint Laurent – et des accessoires qui vont avec, sacs à main, écharpes de soie, gants, ceintures... Tout de grandes griffes ! Nieves s'affuble de ces robes, que sa mère n'a pas vraiment l'occasion de porter mais garde précieusement. Habillée et maquillée comme une vedette, elle devient actrice, imagine des personnages, les incarne à tour de rôle, parle à voix haute, chante – si faux qu'un jour une voisine s'alarme et prévient les pompiers, croyant qu'elle se sent mal.

Évidemment, à la fin de chaque représentation, elle s'applaudit.

Parfois elle s'habille avec ces foulards et chemisiers plus ou moins rafistolés pour aller à l'école. Elle les porte associés à d'autres fringues achetées à la friperie du marché d'Aubervilliers. On imagine le look, la réaction que cela provoque chez les autres enfants. Elle s'en fiche ! De toute façon, elle ne raconte *jamais* l'origine de ses fringues. C'est son secret. Un de plus...

Et puis il y a Cati, l'amie la plus précieuse de son enfance. Une petite chienne, donnée par un copain de ses parents. Sa première spectatrice quand elle fait des défilés. Sa compagne patiente. Elle sait que Cati la comprend. C'était encore un bébé chiot quand ils l'ont recueillie, et Nieves n'était pas vieille non plus. Elle pense : « Une autre réfugiée ! » Elle voudrait la garder tout le temps auprès d'elle.

Mai 1968. À Paris, les étudiants font la révolution, pendant que Paco use chaque jour un peu plus sa santé à l'usine, et que Carmen traverse les barricades à l'arrière des camions de militaires pour faire le ménage dans les beaux quartiers. Dans ce vent de jeunesse et de liberté, Nieves, treize ans, découvre la fabuleuse bibliothèque de Saint-Denis. Là-bas, il y a toutes sortes de livres. Et, vous n'allez pas le croire : gratuits. La première fois, elle écarquille les yeux devant tous ces ouvrages disponibles. Elle n'a qu'à tendre la main. C'est le paradis terrestre.

Dès qu'elle peut, elle s'y rend à pied comme en pèlerinage. Quand elle arrive face à la bâtisse de la bibliothèque, elle monte les escaliers interminables et entre par la grande porte, se dirige droit vers les nouveautés. Le plus excitant. Puis farfouille dans les tiroirs de fiches. Elle lit des livres de Jean Perrin sur la radioactivité et les atomes. Elle est dans le plaisir. L'évasion. L'émotion. Elle s'échappe dans sa bulle. Plus tard, quand elle sera enseignante, pour combattre l'échec scolaire de ses élèves, elle utilisera cette recette. Le plaisir. La grâce de la curiosité. Le goût du nouveau. Apprendre est un jeu.

C'est à l'époque de mai 1968 qu'elle se lie d'amitié avec Mohamed, un homme qui a fait de la prison et habite un taudis voisin. Ils se croisent dans le quartier et Mohamed prend toujours le temps de discuter avec elle. Il travaille dans une imprimerie, où il édite des bouquins grand format. Il comprend vite que les livres font plaisir à Nieves et réserve pour elle les tirages mis au rebut. Des planches imprimées, qu'il relie lui-même et lui offre. Quel luxe. Avec Mohamed, elle se sent comme une princesse.

Il y a des livres de voyage. De nature. D'histoire. Parfois des magazines comme *Nous deux* ou *Salut les copains*, qui la font rêver à une vie meilleure. Elle dévore les romans-photos, acquiert une collection de monographies qu'elle garde précieusement. Le mieux ? Les livres sur le musée du Louvre, et sur des peintres impressionnistes. Monet, Van Gogh, Manet, Pissarro – ces noms magiques. Grâce à Mohamed, imprimeur et relieur de génie, Nieves découvre l'art, qui lui ouvre des horizons fantastiques.

Elle se dit : « J'ai attrapé le virus de l'art ! »

Avec son maigre argent de poche, elle économise le moindre centime pour compléter sa collection. Chaque semaine, de petits dictionnaires de l'art sortent dans la revue *Les Muses*, par ordre alphabétique. Elle envisage de les acheter tous. Rapidement, elle se rend compte qu'elle n'en a pas les moyens… alors elle se contente des deux premiers volumes : en matière de peinture, elle est limitée aux peintres en *A* et en *B*. Pas grave. Elle connaîtra tout sur Arcimboldo et Botticelli.

RÊVERIES EN SOLITAIRE

Parfois, elle voudrait oublier les bidonvilles de Saint-Denis. Trouver un refuge, un endroit où elle aurait sa place. Un petit jardin secret. Parfois aussi, elle s'imagine à bord d'une fusée en route pour la Lune. Ce n'est pas forcément la plus belle fusée du monde, mais c'est la sienne. Une fusée de toutes les couleurs.

Grâce à la bibliothèque, elle a accès à la littérature. C'est une longue conversation avec plein d'amis formidables.

La solitude ne lui fait pas peur. Par expérience, elle sait que c'est des autres qu'elle doit se protéger. Seule elle est bien, à l'abri, dans ses mondes imaginaires. La solitude est son luxe.

Elle ne pense pas à l'Espagne. Elle ne se retourne jamais.

JE SUIS POLONAISE, COMME MARIE CURIE

À la fin de la quatrième, Nieves se rend à la préfecture de police sur l'île de la Cité, pour renouveler son permis de séjour. Casquette sur la tête, comme Gavroche. À l'épaule un vieux sac Yves Saint Laurent qu'elle a piqué à sa mère. Sa chienne Cati dans les bras.

Les policiers la regardent d'un drôle d'œil.

— Maria Nieves Gutierrez ?

Son vrai prénom, c'est Nieves : « Nieves, dépêche-toi ! On a déjà fini et tu n'as pas commencé ! » disait la *tía* Bernarda quand elle traînait à manger sa soupe. Elle a vite compris que Nieves, c'est imprononçable pour les Français. Ils disent *Niaive*. Elle entend « niaise ».

Maria Nieves, à la française, ça ne chante pas. Ce

sont les Polonaises ou les Russes qui s'appellent ainsi ! L'officier de police s'impatiente :

— Vous êtes bien Maria ?

Ma mère répond fièrement, du haut de ses quinze ans :

— Oui ! Je suis polonaise, comme Marie Curie !

LE PROJET NAPOLÉON

En 1969, Nieves commence à écrire son grand chef-d'œuvre : une biographie de Napoléon. Cette année-là, c'est le bicentenaire de la naissance de Napoléon Bonaparte. Il y a beaucoup de tohu-bohu dans la presse, une frénésie de commémorations, qui n'est pas sans rapport avec le départ du général de Gaulle. Dix-neuf mille soldats russes se massent à la frontière tchécoslovaque : ce sont les figurants du film *Waterloo* de Serge Bondartchouk, avec Rod Steiger en vedette et bicorne, Christopher Plummer en duc de Wellington, et même Orson Welles en Louis XVIII. En France, Napoléon est devenu un business juteux : il est partout, sur les gadgets, les ceintures, les porte-clés, les savonnettes et les posters. Les maisons de disques proposent aux bonapartistes nostalgiques des enregistrements sur ce thème. Les expositions se multiplient à travers le pays. Chaque musée développe son propre parcours napoléonien. André Malraux lance avec emphase la campagne des commémorations télévisées. Cinquante émissions napoléoniennes seront diffusées au cours de l'année. Trois grandes expositions parisiennes célèbrent le bicentenaire de ce général, qui en rappelle sans doute un autre. À la Petite Espagne, ma mère découvre Napoléon. C'est un coup de foudre immédiat et, elle en est sûre, réciproque si l'Empereur était encore vivant.

Lui aussi, le grand Napoléon, a connu l'exil. Le pauvre a dû se sentir bien seul, à l'île d'Elbe. Sans parler de Sainte-Hélène. Nieves n'a pas froid aux yeux, elle décide d'écrire sa biographie. Avec son argent de poche, elle achète les livres de l'historien André Castelot qui lui sont consacrés. Toute la collection. *Bonaparte. Napoléon. Joséphine. L'Aiglon.* Et bien sûr le *Mémorial de Sainte-Hélène*, ce texte que Napoléon, pour sauver sa légende devant la postérité, a dicté à son fidèle Emmanuel de Las Cases qui l'avait suivi à Sainte-Hélène.

Nieves veut faire la même chose que le grand historien. Que dis-je ? Elle prévoit de faire mieux. À la bibliothèque, chaque livre lui apporte des précisions complémentaires. Elle les cumule, remarque les informations contradictoires et ce qu'on n'appelle pas encore les *fake news*. Elle décide que *le* livre sur Napoléon reste à écrire. Elle classe ça dans des chemises. Elle a des piles de notes considérables. Elle est sûre qu'elles pourront être exploitées un jour.

Un matin de printemps, ma mère prend le métro avec une camarade de classe, descend près du Louvre, et cherche pendant toute la matinée le palais des Tuileries, la résidence officielle de l'Empereur. En vain. Elle finit par comprendre que le palais n'existe plus : il a été incendié en 1871, pendant la Commune. Consternation.

ELLES ONT MARCHÉ SUR LA LUNE

Été 1969. Nieves retourne en Espagne. Elle est logée chez la *tía* Bernarda, qui est à nouveau veuve. Son mari est décédé d'un cancer, les cousins ont quitté la maison. C'est la première fois qu'elle retourne au pays.

Le 20 juillet, la mission Apollo 11 est retransmise en direct à la télévision. Nieves et Bernarda sont toutes deux devant la petite télé noir et blanc qui grésille. L'adolescente est dans un état d'intense excitation.

— Tu comprends, *tía*? Les Américains sont comme nous, ils n'ont aucune idée de ce qu'ils vont voir… On participe, en quelque sorte! On est dans la cabine!

Il fait chaud, les portes sont ouvertes, la maison de Bernarda est au centre d'un tourbillon de vie. Dans le grand couloir, ça parle fort. Ça rigole. Des enfants courent. Le moment est inoubliable. Quand on voit la capsule arriver sur la Lune, l'adolescente s'exclame:

— Géant!

Quelques années plus tard, elle lira que c'étaient de fausses images, de la propagande américaine. Elle ne cherchera pas à savoir ce qu'il en est. Peu importe. Ce qui compte, c'est l'émotion.

Le plus impressionnant est pour elle le moment où Saturn V échappe à l'attraction terrestre. La fusée décolle – beaucoup de carburant, beaucoup d'énergie. Les morceaux de la fusée se décrochent. Derniers contrôles avec la NASA. Accélération. Et là… Pof! Ça y est! Ils s'échappent! Nieves est fascinée par ce coup d'accélération qui fait quitter l'orbite terrestre. Elle pense qu'ils avaient encore une chance de rester près de la Terre, et d'être rattrapés en cas de problème, alors que là... Tac! Elle les voit quitter l'orbite terrestre. Des humains perdus à jamais dans l'espace. Une sorte d'arrachement... Un exil planétaire, cosmique, complet, définitif. Elle échappe avec eux à l'attraction terrestre, elle a coupé tous les liens. Elle est dans ce petit vaisseau avec Neil Armstrong, Buzz Aldrin et Michael Collins. Les trois astronautes ont beau avoir des appareils électroniques, ce sont quand même les étoiles qui les guident. L'enracinement dans le ciel avec les étoiles familières. Il y a encore Orion, le Petit Chien et les Poissons.

Elle n'en revient pas, du cran qu'il faut pour appuyer sur le bouton. Pour dire: «Allez, je quitte la Terre! L'orbite terrestre! Pfiou!»

Et puis après, la belle affaire d'être en orbite lunaire.

Tu parles!

Les premiers pas sur la Lune, quelle émotion.

SIX À SEPT CENTIMÈTRES

Automne 2020. Je déjeune avec ma mère.

— Tu es au courant, Olivier, que la Lune s'éloigne de six à sept centimètres chaque année?

TROIS FOIS LE PRIX NOBEL

En classe de seconde, à sa plus grande joie, ma mère a beaucoup d'heures de physique. Ça tombe bien, elle aime toujours plus la science. Elle a l'impression de disposer d'un moyen de saisir ce qui l'entoure. Quand elle est arrivée en France, sa compréhension du monde a été mise à mal. La science donne des clés. La science ne ment pas. C'est pur et beau. C'est au-delà du vernis social, des apparences.

Lorsqu'elle découvre que le monde entier est fait avec – et seulement avec ! – une centaine d'atomes, c'est une illumination. Tout l'Univers serait construit à partir des mêmes briques, comme un gigantesque jeu de Lego ? Elle est fascinée par les composants de la matière et redouble de passion pour Marie Curie. Une immigrée comme elle, née Maria Salomea Skłodowska à Varsovie, devenue l'une des plus grandes scientifiques de l'Histoire. Prix Nobel de physique en 1903 avec Pierre Curie et Henri Becquerel, pour ses recherches sur les radiations. Prix Nobel de chimie en 1911 pour ses travaux sur le polonium et le radium. Elle a même donné son nom à un élément de l'Univers. La vache !

Nieves s'identifie. Plus tard, elle veut lui ressembler. Sa professeure, madame Ruga, est enthousiasmée par l'extraordinaire curiosité de cette jeune fille. Certaines réponses ne sont pas dans les livres. Madame Ruga l'invite à passer chez elle le jeudi, et lui prête des documents de la faculté, même si c'est complètement hors sujet pour le programme.

Au lycée, quand on lui demande ce qu'elle veut faire plus tard, Nieves répond qu'elle s'intéresse à la science. On lui fait comprendre qu'elle ne se facilite pas la tâche. Elle vient d'un milieu très défavorisé, elle n'est pas française, et en plus elle voudrait faire partie d'un monde d'hommes ? Pour une jeune femme, ce sera difficile. On la regarde avec moquerie ou scepticisme. La petite Gutierrez, c'est vrai qu'elle est très douée, mais... devenir une scientifique ? Est-ce qu'elle ne pourrait pas plutôt devenir secrétaire ? Ou hôtesse de l'air ? Elle pourrait voyager comme ça, sortir de son quartier défavorisé. Est-ce que ça ne serait pas plus simple ? Elle est jolie en plus.

— Oui, hôtesse de l'air, ce serait pour vous, lui dit la conseillère d'orientation.

Nieves rigole bien. Pas question, elle veut être une scientifique, changer le monde et avoir le prix Nobel comme Marie Curie. Deux fois le prix Nobel. Trois fois ?

Ou alors être astronaute, comme Neil Armstrong.

FAIR-PLAY

Aujourd'hui encore, ma mère suit avec beaucoup d'attention l'attribution des prix Nobel. Elle commente toujours les décisions avec fair-play, entrain, humour, en mesurant ce qui la sépare de la récompense suprême. Je crois qu'elle est un peu déçue, au fond, de ne pas avoir été lauréate.

À propos de la poétesse Louise Glück, prix Nobel de littérature :

— Elle a la même coiffure que moi. Il ne me reste plus qu'à savoir écrire comme elle.

LES ROUGON-MACQUART À LA BOURSE

Juillet 1971. À la fin de la seconde, Nieves travaille à la Bourse de Paris chez un agent de change. Un travail obtenu grâce à mademoiselle Deleuze, la patronne adorée de Carmen. Pas d'informatique, il faut remplir les fiches des clients, leur envoyer chaque jour le niveau de leurs actions. Nieves s'amuse follement des préoccupations des riches : « Leur bourse... Ça monte, ça descend ! »

Elle passe un mois à remplir des bordereaux pour les actionnaires. Heureusement, on commence à la connaître, Nieves : tout en les remplissant, elle trouve le temps de lire la saga des *Rougon-Macquart* d'Émile Zola. Attention, elle travaille dur et bien ! Seulement, elle a toujours un roman caché à côté des bordereaux. Elle est habituée, elle fait souvent ça en classe, ouvrir un grand livre pour en cacher un autre. Une trousse devant, ça ne se voit pas.

L'expression « krach boursier » qu'elle entend partout la fait rire. Elle répète :

— Crache ! Crache !

Elle plaisante quand elle entend râler les actionnaires :

— Quoi ?! C'est quoi ces affaires ?! Vendez ! Vendez !

Y a-t-il eu des krachs boursiers provoqués par la passion de ma mère pour la littérature ? Sa lecture de *La Faute de l'abbé Mouret* serait-elle à l'origine du premier choc pétrolier ?

Avec cette entrée fracassante dans les milieux financiers, Nieves découvre aussi la réalité stupéfiante d'un monde entièrement réservé aux hommes. À la Bourse, elle a deux jeunes collègues courtiers, dont l'un est particulièrement gentil et sympathique. À midi, elle déjeune avec lui à la cantine de la société. Toujours curieuse, elle demande :

— Je peux aller voir comment ça crie, là-dedans ?

— Non Nieves, malheureusement… Je t'emmènerais bien, mais c'est interdit aux femmes.

La salle des marchés, interdite aux femmes ?

— Mais c'est dingue !

Depuis quelques années, Nieves saisit l'importance des droits récemment acquis par les femmes. Le droit, depuis 1965, de travailler sans l'autorisation du mari. Celui d'avoir un chéquier. Celui de posséder un compte bancaire à son nom. La loi Neuwirth, en 1967, a autorisé la contraception. En 1971, pourtant, la plupart des grandes écoles sont encore fermées aux femmes. À Polytechnique, une femme est appelée *chameau, animal à deux bosses*. Pourtant les choses avancent.

Nieves pense : « Pour eux ça vient tout juste de sortir, mai 1968 ! Tout le monde s'en fout ! »

Elle se dit que le monde de la Bourse est vraiment arriéré.

Elle se replonge dans Zola.

REINE DE FRANCE

Tous les matins, elle marche jusqu'à la porte de la Chapelle. Le métro n'existe pas à Saint-Denis. En cet été 1971, la porte de la Chapelle est un bazar. Tout le coin est devenu méconnaissable au fil des années. Saint-Denis change tout le temps. Des bretelles d'autoroute partout. Un jour, elle ira vivre loin de ça, elle s'en fait la promesse. Pourtant, au fond de son cœur, Saint-Denis est sa ville. Elle a appris à l'école qu'autrefois, c'était la ville où l'on sacrait les rois de France. Alors Nieves se dit qu'elle est un peu une reine, elle aussi. Une reine de France.

Dans un livre d'histoire, elle lit la biographie d'Henri IV. C'est à Saint-Denis que s'est jouée l'histoire du pays. C'est ici que Marie de Médicis, une autre Marie, une autre immigrée, a été sacrée, le 13 mai 1610. Le lendemain, Henri IV a été assassiné par Ravaillac, et Marie de Médicis est devenue la régente du royaume. Elle a du mal à l'imaginer : c'est à la basilique de Saint-Denis que ça se passait ? Tous les honneurs ? Toute la cour ? Saint-Denis, le centre de la France ?

Cela lui fait drôle. Avec le temps, voilà ce que Saint-Denis est devenu. Qui aurait prédit que cette ville royale allait devenir ce lieu azonal ? Et la pauvre basilique, qui est restée là. Nieves passe devant avec un pincement au cœur. Elle n'est jamais entrée. Elle n'ose pas. Un jour, peut-être. Par contre, la basilique est près du centre-ville, où il y a la bibliothèque… Nieves est reine de France, et la bibliothèque est son palais. Elle n'échangerait la bibliothèque de Saint-Denis contre aucune basilique du monde.

MACHU PICCHU

Elle flâne sur l'avenue de l'Opéra en sortant de la Bourse, elle entre dans les agences de voyages :

— Bonjour mademoiselle !

— Bonjour, je peux prendre vos dépliants ?

C'est sa façon de s'évader. Elle fait des voyages imaginaires en feuilletant les brochures – des centaines de destinations, des pays dont elle ignorait jusqu'à l'existence. Qu'importe !

Son plus grand rêve ? Le Machu Picchu. Machu Picchu... Quel nom ! Elle l'imagine très sauvage, en ruine. Et ce piton qui trône à une telle altitude – « Le train le plus haut du monde ! »

Elle se passionne pour l'Empire inca, les civilisations précolombiennes. Elle a tant d'empathie pour ces peuples, décimés avec une telle violence... La fatalité de l'attente du dieu Soleil, la coïncidence cosmique avec l'arrivée de Pizarro et Cortés, le terrible destin de ces civilisations, le génocide et les vestiges spectaculaires qu'elles ont laissés. Des mois durant, elle économise pour s'acheter le livre qui la fait rêver, *Civilisations précolombiennes*. Elle aurait voulu appartenir au peuple inca, avec cette culture si diversifiée, ces mythes complexes, loin des barbares qui sont arrivés... Cela la révolte ! Quels monstres, les Espagnols ! Comme d'habitude ! Ils ne cherchaient que de l'or et des pierres précieuses ! Quelle mentalité pitoyable. Quant aux pyramides aztèques, elle les préfère nettement aux égyptiennes – même si son cher Napoléon est passé par là, ce qui n'est pas un argument négligeable. Mais franchement… aller voir des momies ! Elle découvre la tragédie de l'île de Pâques, ces totems désespérés à plus de mille kilomètres de la côte. Prendre la mer, s'installer là, créer une civilisation. Puis un déclin d'origine écologique, un déboisement qui ne permet plus la régénération. Sans arbres, pas d'embarcations, une civilisation prise à son propre piège. Une parabole de la surexploitation des ressources.

Ce qui lui fait plaisir, c'est le simple fait de savoir ces destinations possibles. Feuilleter. Rêver. Parmi les dépliants de tous les pays, elle prend toujours l'Amérique du Sud, avec une pensée pour son parrain, l'oncle Alfonso, qui l'attend là-bas…

Cette passion va de pair avec une prise de conscience politique. Elle est écœurée par le rôle de l'Église dans la colonisation. Ce qu'on peut faire au nom de Dieu pour imposer la foi. C'est monstrueux. Elle fait le parallèle avec ce qu'elle a vécu en Espagne. Là-bas, l'Église est toujours la béquille de Franco. Cette association avec le pouvoir politique, pour Nieves, cela disqualifie l'Église. La spiritualité, c'est autre chose, ça n'a rien à voir. Elle trouve que l'Église est un parti politique comme un autre. Simplement, on ne vote pas tous les cinq ans. Et puis elle n'aime pas qu'ils lui fassent peur avec cette histoire d'enfer. Imaginez ce qui va vous arriver si vous n'êtes pas pratiquants… Les gens ont peur. C'est normal. On ne peut pas y échapper.

Si elle n'avait pas été baptisée, en Espagne elle n'aurait pas pu aller à l'école. C'est une injonction, ce n'est pas un choix ni une adhésion. Il n'y a pas de liberté. Une obligation, ça n'a aucune valeur. De manière générale, elle n'est séduite par aucune forme de religion. Toutes lui apparaissent comme un système hiérarchisé, avec un règlement.

Elle voudrait inventer sa propre religion, celle des livres.

LIBERTÉ

1972. Nieves est en première, et la nouvelle prof d'histoire, madame Cirez, est communiste et l'impressionne. Elle finit par admettre qu'elle a fait une erreur idéologique en tombant amoureuse de Napoléon Bonaparte. Le communisme est partout, les enseignants ne se cachent pas. Des cellules communistes existent à l'intérieur de la salle des profs.

Nieves découvre Boris Vian, Ronsard, Montaigne, Villon, Victor Hugo – *Le Dernier Jour d'un condamné*, *Les Misérables* –, et les écrivains antibonapartistes Erckmann-Chatrian… Elle fait son *mea culpa* sur Napoléon. Elle emprunte de la poésie à la bibliothèque. Son poète préféré, Éluard, parle si bien d'amour. Elle recopie « Liberté » sur son cahier de lycéenne : « Et par le pouvoir d'un mot/ Je recommence ma vie… » La poésie, comme la science, ne ment pas. Elle se met à rêver de révolution, écoute Jean Ferrat chanter *Ma France*, qui évoque cet air de liberté au-delà des frontières… Oui, ça lui parle. Elle se reconnaît dans cette France-là, rêve de la nationalité française.

Le matin des épreuves du bac de français, au réveil, le côté gauche de son visage est paralysé. Comme si, après toutes ces années, la pression de l'école revenait sous forme d'empêchement physique. La menace d'échouer, d'être renvoyée en Espagne. La réussite scolaire comme condition de la survie sociale. Le coup de stress.

Au prix d'efforts colossaux, Nieves se présente. Face à cette gamine paralysée du visage, les examinateurs se montrent compréhensifs. Elle a le choix entre les auteurs étudiés en classe et un texte libre. Au point où elle en est, elle choisit le texte libre. Coup de pouce du destin, elle tombe sur Rousseau. Son auteur préféré. Un signe. Elle s'en sort brillamment, comme à son habitude.

Quand elle apprend sa note, elle frissonne. 17 sur 20.

Quelques années après être arrivée en France sans comprendre un seul mot de la langue.

Elle frissonne, emplie d'une gratitude soudaine pour la vie. Quelle fierté !

Cela vaut bien un grand plat de poivrons frits.

PAINT IT GREEN

Année de terminale.

Nieves est une adolescente révoltée. Avec Léa, une fille de la classe qui est sa première vraie amie, elle veut changer le monde. Elle voit les murs en brique du lycée et voudrait les peindre en vert, sa couleur préférée.

Vert pour l'infinité de nuances.

Vert, comme l'espoir.

Elle repeint tous les murs en vert.

Quand elle se promène à Paris, elle voit les petites filles riches dans leurs robes d'été et détourne la tête jusqu'à ce que son indignation s'en aille. Mais ça ne s'en va pas. Elle voit les immeubles gris de son quartier. Dans son cœur, elle repeint tous les immeubles en vert. Et son pays d'enfance qui ne reviendra pas.

Tout l'Univers devient vert.

Vert Univers.

Où est la lumière de l'Espagne ?

Quand elle regarde la lune, la nuit, elle se souvient des années d'enfance avec ses cousins dans le fleuve Manzanares.

Et la lune est verte, et elle rit et pleure jusqu'au petit matin.

Nieves retourne au lycée chaque jour.

Le chagrin est vert. La tristesse est verte. La neige est verte.

Elle ne veut plus voir le soleil dans le ciel.

Elle peint le soleil en vert.

Quand un camarade lui fait découvrir *Paint it Black* des Rolling Stones, Nieves se demande s'ils n'ont pas écrit cette chanson pour elle. Sauf que elle, elle va tout repeindre en vert. *Paint it green.*

Un jour, sur le chemin de la bibliothèque, Nieves entre pour la première fois dans la grande basilique de Saint-Denis.

Elle s'arrête devant les tombeaux des rois de France.

Elle veut faire la révolution.

Elle va prendre la tête des peuples du monde entier qui luttent pour la décolonisation.

Elle va libérer les opprimés de tous les pays.

Elle va supprimer l'injustice.

Elle sera la Marianne des pauvres.

Elle veut lutter pour la justice et la liberté.

Elle convoque dans son cœur tous les peuples opprimés du monde pour qu'ils forment un cercle autour d'elle.

Elle ne veut plus entendre parler des tyrans de ce monde.

Elle veut exterminer les tyrans. Elle ne veut plus écouter à présent que son cœur. L'émotion déchire sa poitrine comme une pierre et veut trouver le chemin du cri.

Elle voudrait crier à s'en détruire la gorge.

Elle voudrait que ça sorte de ses entrailles.

Elle voudrait que ses lèvres brûlent. Elle voudrait inventer une langue pour les exilés du monde entier.

Elle voudrait ouvrir audience ici, au bord de l'autoroute, face à Dieu et au pied du tombeau des rois.

Elle va entamer un procès – celui des tyrans. Elle va instruire un plaidoyer – celui des faibles et des vulnérables.

Elle va reprendre, développer et arbitrer la plus ancienne des causes – celle des misérables.

Elle appelle en premier tous les hommes et toutes les

femmes qui vivent dans les quartiers pauvres de Saint-Denis.

Tous les anges de la République.

Et toutes les sculptures vivantes s'ouvrent une avenue vers la Basilique.

La petite épileptique de la rue du Landy avec ses cris d'enthousiasme et ses hurlements de frayeur.

Les voisins du foyer de travailleurs sénégalais qui psalmodient leur misère le soir en chantant des chansons.

La paralytique qui imite sur une planche de bois le son des castagnettes.

La mendiante morte de froid qui s'enveloppe dans un châle, un châle de misère effiloché comme sa vie.

L'enfant malade qui se réchauffe au soleil.

Le petit garçon mutilé par ses parents pour que ses moignons leur garantissent le pain de chaque jour.

Nieves les appelle toutes et tous.

Elle est la Vierge des Neiges qui les enveloppe dans son manteau.

Les fous, les tarés, les malades, les idiots, les pouilleux. Elle appelle la horde innombrable des misérables qui sont à bout de forces.

Elle les fait venir jusqu'à elle près du tombeau des rois.

Elle invite tous les gens de la Plaine. Ceux qui transportent des tôles pour construire leur maison. Les vendeurs d'épis de maïs et de marrons chauds. Les vendeurs de fruits et légumes.

Tous les types qui traînent dans le quartier et se prennent pour des prophètes.

Tous les exilés du monde se pressent autour d'elle.

Et la bataille commence.

Toutes les femmes dont on a bafoué la condition viennent vers Nieves de toutes les directions. Elles ont traversé des mers, franchi des montagnes et marché longtemps sur les chemins. Chacune d'elles est une nouvelle braise et une nouvelle colère dans le cœur de Nieves.

Elles sont toute la misère du monde et Nieves imagine qu'elles viennent du monde entier jusqu'à elle.

Elles viennent de Nagasaki, d'Hiroshima et d'Okinawa. Elles ont perdu leurs enfants, elles sont les femmes mutilées, elles sont les paysannes dépossédées.

Elles viennent des îles de la Sonde, elles sont les travailleuses du caoutchouc et leur fatigue est devenue du lait, leurs os de la résine.

Elles viennent d'Indonésie et elles sont les victimes des spéculateurs de l'étain.

Elles viennent de Turquie, elles sont des villageoises réduites par la famine à manger les mauvaises herbes.

Elles viennent d'Irak et elles ont survécu aux guerres du Moyen-Orient.

Elles viennent d'Iran et elles sont les otages de la guerre du pétrole.

Elles sont les habitantes faméliques de Téhéran.

Elles viennent d'Algérie par milliers.

Elles viennent d'Égypte, et elles ont perdu dans le tourbillon des siècles leur puissance et leur sagesse.

Elles viennent du Kenya et ont été bernées par les grands édifices du savoir occidental.

Elles viennent d'Afrique du Sud et sanglotent sur le destin de leurs fils ensanglantés et de leurs filles prostituées.

Elles viennent de France.

Elles viennent des bidonvilles de Saint-Denis, d'Aubervilliers et de La Courneuve.

Elles sont les femmes et les filles des mineurs malades de la silicose. Elles sont celles qui ramassent des betteraves.

Celles qui sont sans abri.

Elles sont cette vieille femme qui a ouvert l'autre jour le robinet du gaz dans le quartier pour écouter la mélodie finale de sa détresse.

Elles sont ouvrières.

Elles viennent d'Espagne.

Elles ont cueilli des olives en Andalousie, en Estrémadure.

Elles ont la furie scellée des femmes basques. Elles viennent des Asturies et elles sont cousues de souvenirs comme de cicatrices. Elles sont la Catalogne qui tomba en dernier.

Elles sont toutes les femmes espagnoles humiliées et offensées. Chassées. Internées. Massacrées. Fusillées. Assassinées.

Elles sont toutes les immigrantes du monde.

Elles sont toutes Nieves.

Elles sont toutes les femmes du monde.

DEVENIR FRANÇAISE

Il y a trois étapes dans la jeunesse de ma mère ; l'enfance en Espagne, sous la dictature ; l'arrachement de l'exil et l'incompréhension face à un Univers où les signes sont devenus opaques ; puis la reconquête d'elle-même et de sa dignité, lentement, avec les armes miraculeuses de l'école et des livres. C'est en 1973 que survient un événement qui marque la fin de cette lente reconstruction : elle demande la nationalité française.

Dans les mois qui précèdent, Nieves le conçoit de plus en plus clairement : elle ne retournera jamais en Espagne. Là-bas, elle n'aurait pas d'avenir. Elle veut rester en France et faire des études universitaires, elle veut faire sa vie ici, elle veut devenir française.

Durant toute l'année de terminale, elle va manifester lorsque Franco, quelques mois avant sa mort, assassine, pend et exécute les derniers opposants au régime. Un tollé international demande la grâce des prisonniers, qui ne sera pas accordée. On reconnaît un système fasciste au fait qu'il est incapable de changer.

Elle est aussi portée, dans son choix, par ses convictions féministes. Au début des années 1970, l'Espagne est un carcan pour les femmes. Les études, du luxe. Ce n'est pas très bien vu. Et puis le poids de l'Église. Du mariage. Tout ce qui attache et entrave les femmes. Nieves ne peut pas imaginer de se remettre dans le moule de la femme franquiste.

En mars 1973, donc, Nieves reçoit la nationalité française. Elle n'a que dix-huit ans et n'est pas encore majeure – la majorité est alors fixée à vingt et un ans, cela oblige ses parents à devenir également français. Pour eux c'est un choix plus difficile, mais toutes ces années ont marqué leur éloignement avec l'Espagne et leur famille. Nieves est fière et heureuse. C'est un soulagement, une étape décisive, un mur qui s'effondre, un horizon qui s'élargit. À partir d'ici, les choses vont changer à une vitesse spectaculaire. Les années 1973 et 1974, qui suivent la naturalisation, sont un tournant dans sa vie.

CHEVEUX VIOLETS

En 2008, Nieves me rend visite à Madrid. Dans un café, elle regarde avec émotion des filles magnifiques aux cheveux violets s'embrasser à pleine bouche. Elle est stupéfaite et heureuse. L'efflloraison, après une période de sécheresse. Un débordement de vie. Nieves est à nouveau fière de son pays. Un peuple renaît de ses cendres.

VOYAGE EN URSS

En juin 1973, Nieves décroche son baccalauréat haut la main. Le bac en poche, elle entend faire son premier grand voyage. Grâce à sa carte d'identité française, elle peut voyager à l'étranger plus facilement qu'avec une carte de séjour. Un grand voyage de femme française, libre et indépendante. Son voyage.

Comme ces intellectuels qu'elle admire, Jean-Paul Sartre ou André Gide, elle veut partir en URSS, une destination symboliquement forte. Vivre une expérience dans un camp de jeunes. Découvrir par elle-même ce monde qui est derrière le mur, et dont les communistes parlent tant... Est-ce la Terre promise par certains ? Quid, là-bas, de la pauvreté ? Du statut de la femme ? De la liberté de penser ? Est-ce bien l'antimonde du franquisme ?

Grâce à une association de Pantin aux sympathies communistes, elle part avec une cinquantaine de jeunes pour Moscou. Départ dans un Tupolev, les avions de l'Aeroflot. La compagnie a très mauvaise presse depuis l'accident du Tupolev Tu-124 – le *miracle de la Neva*, quand un avion a dû amerrir de force sur le fleuve russe. Le voyage se déroule sans encombre ; les jeunes Français passent deux jours dans une auberge de jeunesse à Moscou, Nieves admire le superbe métro, une des réalisations architecturales soviétiques mises en valeur par le régime. Dans la rue, elle se retourne pour savoir si le KGB la suit, mais ne voit personne : elle est presque déçue. À l'époque, à la tête du gouvernement se trouve Leonid Brejnev, que certains disent à moitié mort, maintenu momifié par le Parti.

Sur le temps libre, déjeuner avec quelques amis au restaurant de l'hôtel Rossiya ; les hauts dignitaires étrangers et les membres de la nomenklatura les regardent avec mépris. Visite du mausolée de Lénine et de l'université de Moscou. La ville est immense, pas une âme dans les rues. Puis en route pour le camp de jeunes ! Vingt-quatre heures de train, direction Kazan, à mille kilomètres de Moscou, sur la Volga. Avec ses compartiments en bois, le train ressemble étrangement à ceux d'Espagne. On y consomme des céréales grillées, du thé ou des succédanés de café comme la chicorée (d'accord, mais cela ne vaut pas le café). Dans les villages où le train fait halte, des femmes vendent des bricoles pour un kopeck, loin de la prospérité vantée par les communistes français.

À l'arrivée au camp, grands bungalows non mixtes et soupe aux choux. Bortsch tous les soirs. Et toujours pas de café. Qu'est-ce qu'on mange mal, chez les communistes !

Au bungalow, Nieves fait la connaissance de Sophie, plus âgée, étudiante en philosophie. Sophie est une marxiste convaincue, elle est intéressante – et soûlante aussi, avec sa dialectique. Nieves a lu Marx avant de partir, elle s'est documentée. Pas la peine de lui faire la leçon !

Sophie veut explorer – Nieves s'en passe très bien – la sexualité des Russes. La jeune femme est libertaire et veut tester les performances des Soviétiques. Hélas pour elle, ceux qui sont à l'encadrement du camp sont timorés. Elle raconte chaque soir ses exploits à Nieves :

— J'essaie de les dégivrer un peu !

Nieves voit sa camarade revenir au bungalow frustrée. D'autres nationalités arrivent au fur et à mesure, surtout des Bulgares et des jeunes des pays de l'Est.

Nieves ne parle à personne. Les soirées folkloriques l'ennuient. Le temps est interminable. Elle aime se promener seule au bord du fleuve… Ce qu'elle préfère en URSS, c'est la Volga. Un mercredi, on l'emmène à un chantier pour qu'elle participe à l'édification et la consolidation de l'Union soviétique. Nieves participe, reçoit même une médaille, elle est déclarée héroïne soviétique ! Il en faut peu pour être un héros, dans ce pays. Pour un oui ou pour un non, les Soviétiques donnent des médailles ? Elle n'a fait que construire un mur avec des parpaings et une truelle pendant toute la journée. On a choisi symboliquement l'édification d'un mur. Ça la dérange, d'ailleurs. Pour elle, les murs sont des barrières.

Le camp est à l'écart du centre de Kazan, et Nieves se promène dans les petits villages de la campagne alentour. Elle voit les isbas et les gens très pauvres, elle n'est pas convaincue. Et puis, les discours l'ennuient, elle aime bien se faire son avis elle-même… C'est lénifiant, Lénine.

Un jeune Soviétique du camp, Sergueï, en pince pour elle. Il cherche à créer du lien à tout prix. Elle communique avec lui en anglais. Elle utilise aussi son mot russe préféré, qu'elle met à toutes les sauces : *niet*. Elle a appris l'alphabet russe pour déchiffrer les banderoles et les caractères. Elle sait combien il est important de savoir lire le monde.

Sergueï est de plus en plus collant. Elle ne comprend pas trop ce qu'il espère. Un soir, il lui avoue qu'il veut s'évader, venir en France. Il voudrait qu'ils s'écrivent. C'est hors de question ! Elle n'a aucune envie de manger de la soupe aux choux quand elle sera rentrée chez elle. Sergueï rêve de l'Occident, elle est stupéfaite. L'Occident, ce n'est pas le Diable ?

Le dernier jour, photo de groupe avec tous les jeunes du camp. Nieves se cache. C'est une vieille habitude qu'elle a prise à son arrivée en France. Au départ, elle avait peur d'être repérée par les autorités et renvoyée en Espagne. Derrière la photographie, elle met des croix sur celles et ceux qu'elle considère comme des fanatiques. Elle prend aussi des notes, elle est bonne élève, ce n'est pas maintenant qu'elle va changer. Dans son carnet, elle ne cache pas sa façon de penser :

> Matin : Plage (au bord de la Volga).
>
> Après-midi : Discussion sur la place de la femme. La femme n'est pas libérée. Pas assez révolutionnaire. L'homosexualité est condamnée comme un crime.
>
> Ils ont véritablement le sens du dramatique. Rassemblement pour baisser les drapeaux. Musique lente. Dernière ronde.
>
> Personne ne sait jamais rien ici. Ils nous mentent constamment.
>
> Ce train doit faire du 30 km/h. 24 heures pour faire 800 km.
>
> Matin : Fête folklorique.
>
> Après-midi : Compétitions. C'est les Russes qui ont gagné. Évidemment.
>
> Matin : Solidarité pour le Vietnam. On a travaillé en mettant de la terre de part et d'autre d'un muret.
>
> Après-midi : Les Français se reposent. On est crevés.
>
> Matin : Visite d'une usine.
>
> Après-midi : Film sur les camps de vacances pour les enfants des travailleurs.
>
> Vendredi : Infirmerie. Pauvre Lénine !
>
> Conférence sur la Chine : Mao s'appuie sur la bourgeoisie et pas sur le prolétariat.
>
> Bal. Je n'y vais pas.

Ce qui la révolte le plus, ce sont les brimades sexistes et le traitement des femmes, leur place en URSS. Tout cela ne la change pas beaucoup du franquisme. Un jour, elle est tombée malade à cause d'une indigestion de soupe aux choux. Un médecin soviétique l'a soignée de force en lui introduisant une sonde pendant un temps interminable. Cette agression l'a choquée.

Elle attend avec impatience la fin du camp. Ras le bol de chanter *L'Internationale* matin, midi et soir. Pour tout, *L'Internationale* ! Tous les discours se finissent par *L'Internationale* ! Elle a déjà donné pour l'Espagne. Elle a compris, elle s'en va. Bye bye. Elle préfère être anarchiste.

Le voyage se termine dans une frayeur sans pareille. Après vingt-quatre heures de car et de train, problème avec l'Aeroflot. Pour une raison qu'elle ne comprend pas, Nieves prend un avion différent des autres jeunes. Il ne décolle pas. Les heures passent. Elle attend seule dans l'aérogare, folle d'inquiétude. Elle demande à une employée de l'aéroport :

— Qu'est-ce qui se passe ?

On ne lui dit rien. L'information ne circule pas. Va-t-elle finir ses jours en URSS ? A-t-elle été dénoncée ? Elle a le sentiment panique d'être prise au piège. Des heures d'attente sans savoir ce qui se passe.

Elle embarque finalement dans un avion tout juste réparé et le vol se passe correctement, jusqu'à un nouvel arrêt intempestif. En pleine nuit, l'avion se pose à Berlin-Est. On la transfère à nouveau dans une salle. Elle attend à nouveau de longues heures. Impossible de joindre la France. Le nouvel avion n'arrive pas, personne ne sait où il est. Arrivée finale en pleine nuit à l'aéroport de Roissy, plus de dix heures de retard. Ses parents sont dans un état d'inquiétude épouvantable.

Nieves terminera l'été comme monitrice pour un centre aéré, à Bobigny… Quel bonheur, la France !

RETOUR À PARIS

En septembre 1973, dix ans après être arrivée porte de la Muette un jour de pluie, pendant les vacances de la Toussaint, sans connaître un mot de français, Nieves fait son retour napoléonien et triomphal à Paris : elle entre en classe préparatoire au lycée Charlemagne. Admise en maths sup. Elle découvre les classes préparatoires, avec des élèves de milieux favorisés et où les filles sont très minoritaires. Dans le classement final de l'année scolaire, c'est pourtant Nieves qui est première. Elle ne fait pas d'efforts surhumains, elle a des facilités. Elle lit toujours autant, Sartre, Camus surtout, qui devient comme un frère. Elle dévore Simone de Beauvoir et *Le Deuxième Sexe*. C'est une jeune femme engagée, concernée par les injustices sociales, et les utopies sont sa vérité. Elle croit aux miracles terrestres, ceux des hommes justes. Elle admire Gandhi.

À la fin de l'année, Nieves veut se présenter au concours des Instituts de préparation aux enseignements de second degré, pour devenir professeure de mathématiques. Les IPES et l'enseignement, c'est la garantie de devenir indépendante financièrement, un an après la naturalisation. Si elle réussit le concours, elle signera un engagement décennal et, en contrepartie, aura un salaire. Elle se destine au professorat. Sa vocation est immense. Transmettre, éveiller, aider… Elle a la foi.

TOILETTES SÉPARÉES

Bonne nouvelle : enfin un HLM !

La mère de Léa, la meilleure amie de Nieves, a eu la bonté de les aider à déposer un dossier de demande de logement HLM à la mairie de Pantin. Un soir, quand Nieves rentre du lycée, Carmen est radieuse :

— *Hija, nos van a dar un apartamento…*

C'est jour de fête !

Dans la foulée, Carmen trouve un emploi de cuisinière à la crèche de Pantin, et Paco quitte son travail à l'usine, où sa santé se dégrade de jour en jour, pour un poste de gardien de square.

Au début de l'année 1974, dans la précipitation la plus totale, la famille quitte la Petite Espagne, ce ghetto oublié de tous les manuels d'histoire. Ce taudis où ils auront vécu dix ans. Ils déménagent pour les Courtillières, à la frontière entre Pantin et La Courneuve. Une cité toute neuve, superbe, qu'on appelle le Petit Manhattan de la Seine-Saint-Denis, et qui a été dessinée par Le Corbusier. C'est du moins ce qu'on dit à la mairie… car en réalité, l'architecte s'appelle Émile Aillaud.

Passer de la Petite Espagne au Petit Manhattan, c'est le rêve américain. L'appartement est situé au quatorzième étage d'une tour flambant neuve. Ils n'en reviennent pas quand ils visitent le HLM pour la première fois. Une salle de bains. Dans toute sa vie, ma mère n'a jamais pu prendre une douche chez elle. Mieux : des toilettes séparées. Carmen appelle sa fille :

— Nieves ! Viens voir !

Elle tire la chasse d'eau en riant comme une baleine. Le HLM est un rêve éveillé. Après toutes ces années de misère, ils vont mener une vie de princes.

Pantin, cité HLM des Courtillières. Nieves, dix-neuf ans, posant avec sa chienne Cati sur le balcon.

DEVENIR ÉCOLOGISTE

Lors de la campagne pour les élections présidentielles de 1974, Nieves regarde les candidats à la télévision, dégoûtée par les communistes aveugles à ce qui se passe de l'autre côté du mur. Elle voit apparaître René Dumont, ingénieur agronome : « Je représente ici un programme écologique… » Nieves est curieuse de ce mot. L'homme poursuit : « Ce mot nouveau pour beaucoup d'entre vous, l'écologie, qu'est-ce que c'est ? C'est un mot créé en 1866 par le biologiste allemand Ernst Haeckel.»

Enfin un scientifique ! L'homme alerte sur les dangers des famines dans le tiers-monde. Nieves est touchée. La menace de famine planétaire l'horrifie. Malnutrition, pauvreté, elle connaît. Les mots de cet homme paraissent justes. Il plaide pour un monde où les hommes vivraient mieux, où la Terre et ses ressources ne seraient plus pillées. L'écologie, c'est donc une défense de l'humain ?

«L'apocalypse, nous ne l'annonçons pas. Elle est là. Parmi nous. Et vous savez ce qui va se passer? Nous allons bientôt manquer d'eau !» D'un geste théâtral, l'homme lève un verre d'eau et le boit.

Nieves fonce à la librairie dans les jours qui suivent pour acheter le livre de Dumont. C'est décidé, elle va devenir écologiste.

GABRIEL

Nieves est IPESienne. C'est un soulagement, la pression retombe, elle choisit de continuer en maths spé plutôt qu'en physique. Elle est dans la tête de classe mais n'envisage pas de présenter le concours de l'École normale supérieure. Elle n'en a pas envie.

À la fin de l'année 1975, elle suit l'agonie de Franco. Tous ses organes assistés par des machines, le dictateur n'était plus qu'un tissu. Un support. Franco est mort, mais Nieves n'a aucune envie de rentrer en Espagne. Sa vie est plus que jamais ici. Les études la passionnent – le bachotage des concours beaucoup moins. Mais la mathématique pure est un jeu intellectuel excitant. Jongler avec des concepts hors de ce monde ? L'extase. Elle fait ce qu'elle aime. La lecture reste présente, mais son monde, ce sont les mathématiques. Un monde qui n'est pas terrestre. Cela lui plaît tant de décoller du réel, c'est comme aller sur la Lune !

En classe préparatoire, elle rencontre un garçon fort en maths, lui aussi. Il est timide, compréhensif, avec une belle chevelure bouclée qui lui donne un air de Jean Ferrat.

C'est Gabriel, mon père.

Leur rencontre est intellectuelle, Nieves ne veut pas d'une passion amoureuse. La femme indépendante qu'elle compte devenir s'y oppose. Elle ne veut ni passion ni heurt, mais une entente réelle qui puisse durer longtemps. Elle imagine, et en formule le désir, qu'ils deviendront un *couple moderne*. Gabriel ne la contredit pas, mais ne l'approuve pas non plus. Comme si, étrangement, la question ne le concernait pas.

THÉORIE DES ENSEMBLES

Nieves n'a pas beaucoup d'attirance pour le mariage, elle ne cautionne pas l'idée d'une société où les femmes sont condamnées à passer de l'autorité du père à celle du mari. Mais elle sent gronder en elle la révolte. Une volonté d'explorer la vie. Le mariage lui permettrait de s'affranchir de son milieu social. Et puis vivre hors mariage, ses parents ne comprendraient jamais. Et son indépendance financière la rassure.

Gabriel, lui, aime la beauté de la théorie mathématique et dessine des figures fractales. Il préfère l'abstraction pure des nombres à l'attraction impure des corps. Un samedi soir, que l'on peut placer à notre guise sur la grille des abscisses et des ordonnées de ce récit, pendant que les deux *nerds* Nieves et Gabriel révisent leurs leçons sur la théorie des ensembles, ils décident de se marier. C'est un moment beau et émouvant, comme la bijection d'un ensemble de départ x vers un ensemble d'arrivée y.

LA DEMANDE EN MARIAGE

Décembre 2018. Lors du repas de Noël, ma grand-mère Carmen raconte à sa façon la demande en mariage :

CARMEN : Yo té va raconter une histoire. Il n'y a pas de sauce ? Un jour, Nieves vient avec un camarade qui était ton père. Je lui ai dit : « Qui c'est, celui-là ? » Elle a dit : « C'est un garçon qui travaille très bien. »

NIEVES : Et une cuillère pour la sauce !

CARMEN : Il est venu travailler à la maison.

NIEVES : Qu'est-ce qu'elle raconte ?

CARMEN : J'étais en train de coudre.

NIEVES : On va manger, allez ! Vive la canette, qui nous donne sa chair !

CARMEN : C'est cher, ça ! C'est ma recette ! Ta mère m'a dit : « Il voudrait te parler. » J'étais en train de faire mon rideau. Ton père vient. Je lui dis : « Il paraît que vous voulez me parler ! » Il dit : « Oui. » Je lui dis : « Qu'est-ce que vous voulez ? »

NIEVES : Tu peux te servir…

CARMEN : Il a dit : « Vous savez, nous voudrions nous marier ! » J'ai répondu : « Tu sais, je te vais dire une chose. Je ne te pardonnerai jamais ! Jamais ! Jamais ! Je ne te pardonnerai *jamais* si tu lui fais du mal. Si un jour tu prends un truc *comme ça* de ma fille… Tu peux t'en aller en courant d'ici. »

Mafia et paella sont les deux mamelles de Carmen.

CARMEN : J'ai demandé : « Qu'est-ce que tu fais quand tu rentres chez toi ? Qu'est-ce que tu manges ? »

Avant de savoir si elle va accorder la main de sa fille, il est indispensable de savoir ce que cet homme mange.

CARMEN, *imitant mon père* : « Je mange toujours des nouilles le soir ! Parce que c'est une grande famille ! »

NIEVES : Est-ce que c'est bon, la canette ?

CARMEN : C'est bon, oui ! Tout ce que je fais est bon !

ELLIPSE MATHÉMATIQUE

Deux ans après, en septembre 1976, le mariage est un peu formel – au programme, une simple cérémonie civile sans alliances. Se marier pour ne pas heurter les familles, d'accord. Mais l'événement est dépouillé de toute symbolique traditionnelle : ni église, ni alliances, ni pièce montée ou voyage de noces. Nieves n'aime pas le romantisme. Elle refuse à tel point le mariage bourgeois que le matin des noces, elle déboule en trombe à Infini Tifs, un salon de coiffure de Pantin :

— Vous pouvez me coiffer ? Je vais me marier tout à l'heure !

Le coiffeur ouvre de grands yeux.

ONOMASTIQUE

Est-ce que les noms façonnent les destins ? Emma Bovary aima Bovary, et Maria se maria.

Nieves, vingt-deux ans,
le jour de son mariage avec Gabriel.

Bonjour la belle-famille !

Quand Nieves va chez les parents de Gabriel, elle se demande pourquoi son beau-père sort à peine de son bureau pour lui dire bonjour. Avec sa tunique de hippie, sa longue chevelure noire de Belle Andalouse et ses idées écologistes et féministes affirmées, elle fait un peu tache dans sa belle-famille. Auguste, le père de Gabriel, est un mélomane fervent, passionné par Schubert, Schumann et Debussy. C'est une famille française, bourgeoise et cultivée. Plusieurs frères et sœurs de son mari font du piano ou de la peinture.

La musique classique, Nieves a l'impression que c'est le seul sujet sur lequel on peut discourir à table. Problème, elle ne connaît pas une seule note de musique. Pour elle, *mineur* c'est un ouvrier dans une mine, et *majeur* c'est l'âge de vingt et un ans. Sans compter que les idées du père de Gabriel sont à l'opposé des siennes. Nieves n'est pas timide. Elle n'a pas envie de servir de punching-ball à chaque conversation. Alors, sans réticence aucune, elle exprime ses vues. Elle a la ferme intention de faire comprendre à ce père autoritaire qu'elle existe. Un jour qu'Auguste évoque son travail à EDF, Nieves commet la bourde d'amener la conversation sur le mouvement antinucléaire. Elle est convaincue de l'impasse que constituent les déchets nucléaires. Son beau-père la foudroie du regard ; il se sent personnellement agressé et quitte la table. Pourtant, Nieves en a bien la conviction : le nucléaire n'est pas une solution.

Nieves est une femme qui n'a pas à exprimer ses idées. Surtout ces idées-là.

Nieves a des lectures qui ne sont pas les bonnes.

Nieves lit Jean-Paul Sartre et Simone de Beauvoir.

Elle parle du *Deuxième Sexe* à table.

Elle aspire à une relation intellectuelle libérée.

Pour le père de Gabriel, Simone de Beauvoir est la goutte d'eau qui fait déborder le vase :

— *Le Deuxième Sexe* ? Imbuvable !

MAJOR

L'oral du CAPES de mathématiques arrive, Nieves tombe sur un sujet qui lui plaît : *La notion de limites.* C'est presque un sujet philosophique. Être limitée par quelque chose, dépasser ses limites… Elle maîtrise la question. Cela joue en sa faveur. Son exposé est brillant, le jury impressionné.

Les résultats tombent.

En 1977, en France, Nieves est major du CAPES de mathématiques.

Dans la cité des Courtillières à Pantin, c'est comme si la petite Maria Leszczyńska venait de rejoindre la cour de Louis XV pour devenir reine de France, et que Louis XV, le jeune roi, l'accueillait dans la chapelle du château de Fontainebleau avec un habit brodé d'or où chaque bouton est un diamant – je ne suis pas sûr de la pertinence de cette métaphore, il faudrait consulter l'Encyclopédie Universalis, Wikipédia ou Stéphane Bern. Carmen répète toute la journée à ses voisins, les larmes aux yeux :

— *Mi hija !* Ma fille ! Ma Belle Andalouse ! Première ! Santa María !

Le dimanche suivant, c'est la liesse dans la salle à manger du quatorzième étage de la cité des Courtillières. Tous les voisins sont invités. La paella de Carmen est légendaire.

UN COPAIN DE MARI

Les premières années de la vie avec Gabriel, années parisiennes et universitaires, sont des années d'insouciance comme ma mère n'en a jamais connu. Elle est indépendante – et si fière de l'être –, avec la solde des IPES pour mener à bien des études qui la passionnent. La vie est légère. Le soir elle joue aux dominos avec son *copain de mari* et le dimanche, elle apprend à faire du vélo sur le parking déserté d'une grande surface. Gabriel aime le vélo, la montagne, rêve de naviguer sur un voilier. Les tentatives de Nieves pour partager ses goûts sont chaotiques. La bonne volonté est immense, mais ni succès ni plaisir ne suivent. Que d'heures passées sur un court de tennis ! « Mais pourquoi les balles et moi, on n'est jamais au même endroit en même temps ? » se demande-t-elle.

Un vrai problème mathématique. Pendant les vacances d'été, la montagne est sublime mais les passages sur glace la paralysent. Elle n'a jamais foulé que le bitume d'Aubervilliers, le béton de sa cité ; le vertige la fige, la panique la rend incapable d'avancer. Elle insiste pourtant et ose le ski de fond, blanc séjour hivernal au hameau de Fay-sur-Lignon, baigné de givre, mais où la neige manque au rendez-vous.

Ses exploits sportifs à elle, ce sont des marathons entre deux cours à la fac, à enchaîner les expos ou à courir le Louvre pour y retrouver dans le labyrinthe des salles certains des tableaux qui l'accompagnent depuis que Mohamed lui en a offert les précieuses reproductions. Le soir, elle revient bouleversée, l'émotion à fleur de peau. Le Centre Pompidou vient d'ouvrir, il y a là tout l'art moderne et une bibliothèque où elle reste souvent des journées entières. La réussite avec brio au CAPES de mathématiques – major de la promo, Santa María ! – marque l'apogée de ces années lumineuses. Elle mesure le long chemin depuis ce jour gris où une petite fille est partie seule vers un pays inconnu.

Pourtant, une fois ce but atteint, elle s'interroge. Comment a-t-elle pu si vite, à vingt-trois ans, se retrouver mariée, diplômée et fonctionnaire ? Elle en a le tournis. Comment a-t-elle pu brûler la meilleure part d'elle-même, la part de l'inconnu, et faire taire tous les autres possibles ? Le tracé de cette vie balisée qui se présente à elle l'angoisse.

Contrairement à Gabriel, préparer le concours de l'agrégation lui paraît insignifiant.

LA ZEP

C'est en septembre 1980 que Nieves quitte la Seine-Saint-Denis et Pantin. Pour son premier poste de professeure titulaire, elle est nommée à Dammarie-les-Lys, collège Politzer, en ZEP – cet acronyme affreux. Une cité communiste. Trente-trois nationalités. Dans le collège, une majorité d'enfants vivent douloureusement au quotidien la violence de l'échec scolaire. Ils ne maîtrisent pas la langue et lisent avec difficulté.

Nieves retrouve l'enthousiasme. Elle croit au miracle. À l'utopie. Elle veut les réconcilier avec l'école, comme ce fut le cas pour elle à Saint-Denis. Dans la ZEP, elle met tout son cœur pour transmettre le plaisir de la connaissance, de la découverte. Malgré la fatalité sociale, elle restera volontairement dix-sept ans dans ce collège. Elle réussit, par l'attention et le respect qu'elle porte à ses élèves. Elle veille à ce qu'ils ne confondent pas réussite sociale et réussite humaine. Elle les valorise : « Croyez en vous, en vos potentialités. » Apprendre sur le tas le métier d'enseignante la stimule, de surcroît dans cet établissement réputé difficile. L'adversité, elle l'a connue en bien d'autres situations. Elle se sent investie d'une mission, aime le contact avec les élèves. Sa vocation est confortée.

Au début de chaque cours, elle fait méditer les classes les plus turbulentes pendant cinq minutes. Ses collègues la prennent pour une illuminée. Le lendemain de l'élection de Mitterrand, le 11 mai 1981, Nieves est tellement heureuse de la victoire qu'elle ne va pas travailler. Elle est persuadée que le nouveau président a déclaré un jour férié pour fêter ça. Le proviseur du collège l'appelle, inquiet de son absence :

— Madame Liron… C'est bien la première fois que vous êtes absente !

Quelle déception.

DANS LA FORÊT

Nieves et Gabriel habitent désormais à La Rochette. Un peu plus loin que le collège Politzer, il y a la forêt de Fontainebleau. « Un peu plus loin, encore, il y a encore la forêt », comme dit Prévert. Dès qu'elle peut, elle va s'y promener. Se ressourcer. Prendre racine. La forêt est la vie. Nieves retrouve la foi, une foi enfantine. Dans les étoiles, dans l'humanité. Dans la beauté du monde. Elle a beaucoup de mal à se représenter Dieu sous les traits d'un homme, elle croit en la Nature. Déesse Nature est dans chaque chose, dans chaque être.

Nieves sent qu'elle fait partie d'un vaste ensemble et, même si elle ne comprend pas le mystère de la vie, elle se réjouit d'être l'un des maillons du système. L'Univers parle à travers les arbres qui bruissent dans le vent. Ici, la tristesse se retire de son cœur. Elle croit aux sentiments, aux vibrations qui la relient à la forêt. Personne ne la croit, mais ça n'a aucune importance. Si on lui demandait de décrire ce sentiment, cette sensation qui lui permet de sentir la chaleur des arbres en fermant les yeux, elle dirait que c'est un miracle. Elle a l'impression que son corps est là-bas, que son âme, toute une partie d'elle vit là-bas. Elle se sent connectée à la forêt. Même si, comme autrefois, ce ressenti est incommunicable.

Nieves la secrète.

Au fil des mois, son apaisement grandit avec la fréquentation, puis l'immersion profonde et intime dans la forêt de Fontainebleau. Elle ressent une grande paix à imaginer qu'une fois poussière elle deviendra sève de bouleau, corolle de bruyère, pomme de pin, feuille de sphaigne… Dans la forêt, elle est enfin *chez elle*. Elle s'enracine. Elle devient un être-nature. La plus belle des nationalités, c'est celle de la Nature-Patrie.

Dans ces moments intenses de contemplation, elle puise énergie et sérénité. Peu à peu, la forêt la laisse l'approcher, presque l'apprivoiser. Il lui arrive d'y aller seule pour lui confier, écrits sur de petits papiers, ses maux, ses vœux, ses rêves secrets, cachés – comme ceux des écureuils – au creux de certains arbres. Que sont devenus ses rêves d'enfant ? Elle ne doute pas que certains d'entre eux resteront là, préservés dans une fissure d'écorce, comme ils le sont dans sa tête. Le grand âge de certains arbres, leur port massif et leurs cicatrices la fascinent. Quand elle s'adosse à un vieux chêne, la caresse de son écorce rugueuse la relie à un temps enfui. Il a vu passer les carrosses de la cour, les dames en crinoline, tant d'équipages de chasse, les peintres fuyant Paris pestiféré, les bombardements, les incendies… et combien de pleines lunes ? Et maintenant, c'est elle – elle qui se trouve pourtant si insignifiante, elle qui questionne la mémoire de l'arbre face à sa fragilité, au temps bref qu'il lui est donné de vivre. L'arbre lui offre la réponse. Celle de vivre dans la présence aiguë de l'instant. Et la présence à cet instant-là, c'est le spectacle d'un ciel immense noyé dans le labyrinthe du feuillage.

Elle ramasse une poignée de glands et les plante dans un lieu où elle veille à ce qu'ils germent et grandissent à leur tour. La forêt est sa psy, sa fée, sa chamane, sa poétesse, son temps du Rêve. Elle invente et pratique intuitivement sa sylvothérapie. C'est aussi dans ce contexte d'énergie et de sérénité grandissantes que lui vient le désir d'avoir un enfant.

Nieves, vingt-sept ans.

Nieves et Gabriel rêvent d'un enfant, mais le petit appartement en location de La Rochette est exigu. En épluchant le journal local, ils voient passer l'annonce, dans un village tout proche, d'un terrain à bâtir dans un lotissement « en cours de viabilisation ». C'est un petit terrain plat, sans charme, qui vient d'être défriché, mais accessible par son prix. Son principal atout : sa localisation en lisière de forêt. Ils concluent donc, puis visitent de nombreux salons de constructeurs de maisons individuelles. Ils ne veulent pas de maison préfabriquée type Phénix, mais avec un si petit budget... Ils trouvent un compromis, une maison modeste par sa taille et par ses équipements, mais suffisante pour un jeune ménage. Deux ans après, en 1985, ils y emménagent. La maison est pimpante mais il reste beaucoup à faire en urgence pour pouvoir y vivre. Clôture, branchements, peintures intérieures, rangements à aménager... Ils ont, dès le début de leur vie commune, partagé toutes les tâches ménagères. Avec l'installation dans cette maison, il faut se spécialiser : Gabriel est tour à tour maçon, plombier, menuisier, peintre ; Nieves se retrouve dans le rôle plus traditionnel qui incombe aux femmes, celui des tâches ménagères, pour la bonne marche de la maisonnée.

En 1986, Nieves tombe enceinte. Elle ne veut pas connaître le sexe de l'enfant. La grossesse est pour elle un événement unique. Vivre la métamorphose de son corps, être le témoin du miracle qui grandit en soi, sentir bouger le bébé. Elle éprouve le sentiment d'approcher l'essentiel. Il faut la puissante et instinctive pulsion de vie pour braver la peur, et ce bain d'hormones qui inonde le corps d'énergie et d'euphorie. Elle se documente pour comprendre ce qu'il se passe en elle, pratique quotidiennement la sophrologie, découvre les bienfaits de ce travail sur soi. Dans les dernières semaines, l'exercice consiste à visualiser le déroulé de l'accouchement dans tous ses aspects concrets et matériels, en l'accompagnant de respirations profondes qui allègent l'agitation mentale et oxygènent l'organisme. Elle imagine son accouchement, en arrête le jour. Elle vit la naissance sans avoir besoin d'anesthésie. Son corps anticipe la douleur des contractions, puissantes et longues. Les neuf mois de maternité la métamorphosent. Le monde est devenu infiniment plus signifiant. Gabriel est aux anges de devenir père, Carmen et Paco sont fous de joie !

Avec la maternité, l'engagement pour l'écologie s'ancre en elle comme une évidence, avec l'émerveillement de sentir la vie grandir dans son corps. La maternité lui donne sens et force. Elle ouvre à l'amour de l'enfant et, par-delà, à celui du monde. Respect du vivant. Préservation des espaces naturels. Non-violence. Tout se lie en elle et restera lié. Ce n'est pas une lecture particulière ou un événement qui la guide vers la voie de l'écologie, mais son cheminement, sa sensibilité. Elle soutient des associations de protection de la nature, fait des dons à Greenpeace, au WWF, à la SNPN, à la LPO. Elle lit Dorst, *Avant que nature meure*, et les *Éléments d'écologie* de François Ramade, à qui elle écrit une lettre ; elle éprouve la nécessité d'agir à sa façon, au niveau local. Plus tard, en 1992, le sommet de la Terre lui donnera de l'espoir, et la volonté de mieux comprendre ces questions complexes. L'écologie est une science. De 1992 à 1996 elle reprendra, en continuant à travailler à mi-temps, des études de biologie puis d'écologie, jusqu'à un DESS à Orsay. Une rupture majeure. Elle vivra alors plus en cohérence avec elle-même et deviendra végétarienne, s'investira avec passion dans les formations au développement durable pour les enseignants. Elle essaiera d'agir pour changer notre rapport consumériste à la nature. C'est la beauté de la forêt qui lui insuffle l'énergie de toutes ces initiatives.

UN PRÉNOM

Pour ma mère, le prénom Olivier est une évidence, une synthèse. L'olivier est un arbre tortueux, millénaire. Elle aime son écorce, ses cicatrices et sa torsion. La façon dont il porte les marques du temps. Son endurance. Sa croissance lente, sa longévité. L'olivier incarne une civilisation, la Méditerranée. Il renvoie à ses racines, aux champs de l'Andalousie d'où vient Paco. À des siècles d'histoire. Il est le symbole de la paix, il évoque la philosophie de la non-violence. Elle aime tant ce prénom que si j'avais été une fille, elle m'aurait appelée Olivia.

Je nais le 27 mars 1987, trois jours après la convention pour la création de Disneyland Paris.

L'AVENIR

Une nuit, pendant que j'écrivais ce livre, j'ai vu ma mère en rêve.

Elle s'est avancée vers moi lentement et m'a dit :

— Mon enfant. Si beau et fort. Je t'aimerai toujours. Souviens-toi de faire attention, mon enfant. Ils ont peur de toi et te feront du mal s'ils découvrent tout.

— Tout ?

— Ce que tu es.

— Qu'est-ce que je suis ?

— L'avenir.

II

Je ne suis pas sûr du prénom de ma mère.

Certains l'appellent Maria, et c'était d'ailleurs le nom inscrit sur sa carte de séjour, mais sur sa carte d'identité française, c'est Marie. Et son prénom de naissance, c'est Maria Nieves. La plupart l'appellent Nieves, mais moi, enfant, je l'ai toujours appelée Neige.

Je sais qu'elle est née en Espagne, et qu'elle n'en parle jamais. Elle a quitté son pays quand elle était petite. Elle n'en parle pas. Elle n'évoque jamais son passé.

C'est comme si son enfance était un pays où elle préfère ne pas retourner. Cela nous lie.

Le passé serait-il un pays étranger ?

Il y a une chose que je peux dire avec certitude sur elle : ma mère a la beauté de la neige au soleil.

Nieves, trente-quatre ans, et son fils Olivier.

MÉSANGE-GARDIEN

Longtemps, je me suis levé de bonne humeur.

Mon enfance, chaque matin, c'est la voix chaude, grave et retentissante de Neige :

— Olivier, on se réveille !

Hors de question. Je me pelotonne dans la chaleur des couvertures, pose ma joue contre la fraîcheur de l'oreiller. Je pense : « Je compte jusqu'à dix... » et commence à compter. En règle générale, je me rendors avant d'arriver jusqu'à huit.

— On se réveille !

Je quitte à regret mon lit douillet, enfile ma robe de chambre et descends dans la cuisine pour le petit déjeuner. Ma mère est déjà prête, avec son foulard de toutes les couleurs, son sourire et son parfum de fruits rouges.

— Je te dépose à l'école, et je file dans ma ZEP !

Moi, je ne suis pas pressé d'aller à l'école primaire. De toute façon, je sais déjà lire et écrire, j'entre au CE1 avec deux ans d'avance. Je ne vois pas trop de quelle avance on parle, la vie n'est pas un contre-la-montre du Tour de France. Je bois mon lait au chocolat dans mon bol préféré, avec la petite ébréchure sur le rebord. Toujours le cacao en poudre d'abord, puis le lait chaud ; je les regarde se mélanger, dessinant les contours d'une galaxie toujours recommencée.

Neige a un appétit d'ogre, elle mange des dizaines de biscottes le matin, avec des fleuves de beurre et de confiture. Quatre cafés. Un litre de jus d'orange. Son paquet de Special K est encore sur la table. Elle dit en riant :

« Special K… Parce que je suis spéciale ! »

Moi, je ne la trouve pas spéciale, je la trouve géniale. Même que madame Poisson, la maîtresse, m'a demandé :

— Que fait ta mère dans la vie ?

— Elle est multigéniale.

Madame Poisson a souri, va savoir pourquoi.

Sur la margelle de la fenêtre, une petite mésange bleue vient picorer la margarine. Le regard de Neige s'illumine. Quand elle est heureuse, des milliers de papillons dansent dans ses yeux comme s'ils tournoyaient en s'approchant du soleil.

— Minou ! Approche-toi doucement…, chuchote-t-elle.

Je m'approche de la fenêtre à pas de loup pour ne pas faire fuir la mésange. On la regarde picorer la margarine.

— Maman, je crois que c'est Angela, notre mésange-gardien !

Angela se régale, ça fait plaisir à voir. La petite tache bleue sur sa tête contient tout le bleu du ciel.

PIC-VERT

Se remet-on un jour du paradis de délices où la vie nous place dans l'enfance ?

Avec mes parents, on habite un pavillon dans un petit village, à l'orée de la forêt. Dans le jardin, un pic-vert fait de la musique avec son bec sur le tronc du pommier. Il cherche des insectes à grignoter, ses corn flakes à lui. Quand je rentre du jardin, je cours voir ma mère avec plein de questions :

— Maman ! Maman !

— Oui, mon bonhomme ?

— Pourquoi je m'appelle Olivier ?

— Parce que c'est un arbre, un très bel arbre.

Elle me regarde avec tendresse.

— Tu es comme un arbre… Tu grandis, et tu vas faire de très belles branches.

— Maman, pourquoi je ne m'appelle pas Pommier ?

— C'est très beau, « Olivier » ! Tu es l'*Olea*, l'arbre de paix.

— L'Oréal ? Comme ta laque pour les cheveux ?

J'aime bien faire semblant de ne pas comprendre, pour la faire enrager. Avec les lettres de mon prénom, si on les met dans le désordre comme à Boggle, on peut écrire le mot *voilier*. Ma mère dit que je suis né aux premiers jours du printemps, comme le papillon citron :

— Le jour avant ta naissance, il y avait une grande tempête. J'ai dû rentrer le linge qui séchait parce qu'il s'envolait partout dans le ciel.

Ensuite j'ai tapé avec mon bec contre son ventre, et je suis né à cinq heures du matin. Dommage, je n'ai pas pu faire la grasse matinée.

NAISSANCE DE L'UNIVERS

À l'arrière du jardin, un petit portillon blanc à claire-voie donne sur un terrain vague envahi de ronces et d'orties. Neige me met en garde : attention à ne pas attraper de tiques comme notre chienne Tina. À côté de la maison, c'est le garage, où règne un désordre inouï :

— Gabriel, il faudra qu'on range ce garage ! Il y a un bazar pas possible !

Il faut savoir que le garage est un site préhistorique important, comme la grotte de Lascaux. Je fouille parfois entre les vélos et les affaires de bricolage de mon père pour trouver des ammonites et des trilobites, comme ceux que Neige possède dans son bureau. Elle m'a montré une frise. J'ai appris que l'Univers a commencé il y a très longtemps, il y a environ quatorze milliards d'années :

— Tu imagines, Olivier ? quatorze milliards d'années. C'est fabuleux !

Le paléozoïque est la première ère géologique de l'histoire de la Terre. Elle se divise en périodes : cambrien, ordovicien, silurien, dévonien, carbonifère et permien. Pour mémoriser, il suffit de retenir les initiales de la phrase : *Cambronne, l'Ordurier, S'il eût été Dévot, n'aurait pas Carbonisé son Père*. Puis c'est l'ère secondaire : trias, jurassique et crétacé. (*Tais-toi, Je Creuse !*) Enfin, l'ère tertiaire et l'ère quaternaire, avec l'apparition de l'être humain :

— Maman... Les humains, c'est de l'histoire récente ?

Elle sourit.

CHANSONS D'ESPAGNE

Ma mère ne me parle jamais de l'Espagne, le pays où elle est née. Mais parfois, je l'entends dans son bureau qui fredonne la valse *Amor de mis amores* ou qui écoute *Gracias a la vida* de Violeta Parra. Elle me donne à lire des livres illustrés en espagnol. Le dimanche, on écoute aussi des cassettes avec des *villancicos*, les chants de Noël. Ma chanson préférée s'appelle *Los peces en el agua*. Elle dit que les poissons boivent sans fin l'eau de la rivière. C'est une chanson pleine de tristesse, mais je ne sais pourquoi, elle me réconforte :

Pero mira como beben
Los peces en el río
Pero mira como beben
Por ver al dios nacido

Tous les matins, Neige part travailler et revient vers dix-sept heures, à l'heure du Nesquik. Elle est professeure au collège, dans une ZEP. Un jour, je lui ai demandé :

— Maman, qu'est-ce que ça veut dire, la ZEP ?

Elle a hésité.

— La ZEP… La ZEP, c'est la cité où je travaille. Ça veut dire : « Zèbres Époustouflants et Prodigieux » !

Elle adore ses élèves. Quand elle arrive, la première chose qu'elle fait est de dire à Benjamin d'arrêter de mettre ses doigts dans les prises électriques. Ensuite, elle console Clara qui ne fait que pleurer. Après les avoir fait méditer durant dix minutes – certains s'endorment pendant ce temps-là, car ils ne dorment pas chez eux –, elle commence son cours de maths. Elle dit que pour enseigner, il faut avoir l'amour des enfants. Puis, quand tout le monde est calmé et heureux, elle commence à expliquer la géométrie à ses élèves. À la fin de l'année, elle reçoit des dizaines de lettres d'amour de leur part.

Elle dit avec émotion : « Mes monstres ! Ils ont bien travaillé, mes monstres, aujourd'hui ! », « J'ai mes monstres toute la journée ! ». Rien ne lui fait plus plaisir que lorsqu'un de ses élèves progresse en mathématiques, ce qui ne manque jamais d'arriver au fil de l'année.

Quand elle corrige ses copies dans son bureau, je vais la voir et l'interroge :

— Maman ! Maman ! C'est quoi, le théorème de Thalès ?

Sans se faire prier, elle se lance dans un petit dessin explicatif:

— Tu vois Olivier... Un triangle ABC. Et deux points D et E des droites (AB) et (AC) de sorte que la droite (DE) soit parallèle à la droite (BC)...

Quand elle explique quelque chose, les yeux de ma mère s'écarquillent de plaisir, comme si elle était en train de manger du miel de noisetier à pleine cuillère. Elle poursuit:

— Donc on a: AD / AB = AE / AC = DE / BC!

Je répète pour lui faire plaisir. Son visage s'illumine.

— Oh là là! Ce que tu es doué, quand même! T'intéresser au théorème de Thalès à ton âge! Est-ce que tu connais les droites, et les segments? Et les demi-droites? Tu saurais me dire ce qu'est une demi-droite?

— C'est une droite qu'on a coupée en deux, comme papa quand il coupe les patates?

Parfois il y a les conseils de classe, des réunions mystérieuses dans lesquelles ma mère a sans doute un très grand rôle, et où se joue le sort de l'espèce humaine. Ces soirs-là, Neige rentre plus tard, à l'heure des croque-monsieur. Entre le travail, les copies, les listes de courses, le ménage, les lessives, elle n'arrête pas. Je ne sais pas comment elle fait. Elle s'exclame plusieurs fois par jour:

— C'est la course aujourd'hui! C'est la course!

Sa vie est un marathon d'amour. Moi, je m'inquiète un peu quand je vois qu'elle est fatiguée. Je ne veux pas qu'elle perde tout le soleil de ses yeux d'or.

LES COMPTES

Neige et mon père sont ensemble depuis le paléozoïque. J'ai du mal à les imaginer séparément, ce serait comme les frites sans le sel La Baleine, le bifteck sans la moutarde Amora ou les gaufres sans sucre glace. Il y a certaines choses qui ne se séparent pas, c'est ainsi.

Mon père est aussi professeur, en classe préparatoire, auprès de futurs vétérinaires. Ils se sont rencontrés pendant leurs études. Ils aiment parler de mathématiques ensemble. Une fois par mois, ils s'enferment dans le bureau de mon père en échangeant un regard amoureux, pour s'adonner à ce qu'ils préfèrent :

— Aujourd'hui, c'est dimanche... On va faire les comptes !

C'est en comptant qu'ils se sont rencontrés, il y a plusieurs ères géologiques de cela, en déterminant leur PGCD et leur PPCM, leur plus grand commun diviseur et leur plus petit commun multiple. Ils sont parvenus très jeunes à une équation idéale en résolvant toutes les inconnues. Depuis, ils sont devenus un ensemble arithmétique d'entiers naturels que j'ai rejoint. C'est comme ça que je suis venu au monde, à l'intersection des abscisses et des ordonnées. Là où tout commence. Tarik, un copain à l'école, prétend le contraire :

— N'importe quoi, ce que tu racontes, la Binocle ! Même pas vrai. Ce sont les cigognes qui font les bébés, en plantant des choux à la mode de chez nous !

DANS LA LUNE

Mon père se lève chaque jour à cinq heures du matin et commence sa journée en buvant son Ricoré. L'ami Ricoré, c'est le meilleur ami de mon père. Il dessine des fractales dans son bureau couvert d'affiches du Vendée Globe, ne voit jamais l'heure passer et finit par se ruer hors du bureau :

— Rôôô ! J'suis à la bourre ! Faut que je me grouille ! Où est-ce qu'elles sont, mes godasses ?

Des Mephisto taille 48. J'en suis très admiratif. Neige est sceptique, elle dit que ce n'est pas la taille qui compte.

Tous les matins, c'est le même manège :

— Rôôô ! Zut ! Flûte ! Quel bordel ! C'est la poisse ! La poisse ! Faut qu'je dégivre la bagnole j'vais être en retard au bahut ! Mes clés ? Rôôô ! Où est-ce que j'ai mis mes clés ! Je perds toujours tout dans cette bicoque !

Retrouver ses clés est un jeu d'enfant : en général, il suffit de remonter le cours du temps, comme on rembobine une cassette vidéo. Par déduction, tel Sherlock Holmes, je les retrouve en cinq minutes, jamais très loin de l'ami Ricoré.

Mon père s'habille toujours de la même façon pour aller au lycée. Un beau pantalon noir en velours côtelé et une chemise à carreaux rentrée dans son pantalon.

— Papa ! Pourquoi il faut rentrer sa chemise dans son pantalon ?

— Parce que c'est comme ça qu'on fait !

— Pourquoi ?

— Parce que ! Oh, tu m'enquiquines à la fin, la puce, je vais être en retard !

Le reste du temps, mon père sifflote avec un air rêveur, comme s'il n'était pas vraiment là.

— Ton père est dans la lune ! dit Neige sur un ton de reproche attendri.

Il est tellement dans la lune que l'autre jour, il a oublié de venir me chercher à l'école primaire. Du coup, j'ai attendu longtemps dans le square face à l'église. Une peur panique s'est emparée de moi, dans le petit square. Est-ce qu'un jour mes parents ne seront plus là ?

DÉLICES

Mon père rêve d'un bateau, il veut faire le tour du monde. Il est très proche de mon oncle Ulysse, qui vit en Polynésie et avec qui il parle chaque mois au téléphone. Ulysse travaille à la marina de Raiatea, un endroit paradisiaque où il y a eu des essais nucléaires. Le vendredi soir, avec mon père, on regarde *Thalassa* à la télévision, avec Georges Pernoud. Le générique est incroyable, avec des bateaux qui se transforment en coquillages. Mon père admire Tabarly, suit le départ de la Route du Rhum et du Vendée Globe. Je suis sûr qu'au fond de lui, il voudrait être avec eux sur la mer. En attendant il navigue en songe, son beau visage m'est secret et indéchiffrable, comme le portefeuille mystérieux où il range ses papiers, la sacoche où il range ses affaires, le cartable où il range ses copies, les pantalons où il range son grand corps, et le bureau couvert de dessins de fractales où il range ses rêves de haute mer.

Mon père ne parle presque pas, mais il aime faire la cuisine, et c'est comme ça qu'il nous montre son affection. Comme si les mets étaient des mots, et qu'une tarte aux poireaux pouvait être une déclaration d'amour. Quand il vient me chercher à l'école, il met la radio dans la cuisine, Chérie FM ou RTL2, et coupe en sifflotant des pommes de terre. Je le regarde plonger les frites, avec ses grandes mains de magicien, dans la friteuse pleine d'huile bouillante. Puis il sort les frites brûlantes et les laisse s'égoutter dans un saladier couvert de Sopalin. Il ajoute du sel, beaucoup de sel, tout en continuant à siffloter (le sel vient de La Baleine, c'est marqué sur la boîte). Ce sont les meilleures frites du monde. J'ai parfois le droit d'avoir du rab et je garde toute l'après-midi la brûlure délicieuse du sel sur mes lèvres, comme une offrande.

On savoure ces frites bien grasses sans dire un mot, pendant qu'à la radio un type parle de la foule sentimentale, et qu'un autre veut qu'on le laisse déjeuner en paix.

Le soir, ma mère adore les croque-monsieur, on en fait toujours pour fêter un anniversaire. Je les prépare méticuleusement avec mon père. On coupe chaque tranche de Fleury Michon en deux moitiés symétriques, et de l'emmental en tranches exactement parallèles. Neige sort de la bière pour arroser ça. Moi, je n'ai pas le droit. D'ailleurs il paraît que si on est mis en bière, on peut mourir. On se met à table tous ensemble et Neige s'écrie :

— Olivier, tu peux éteindre la hotte, s'il te plaît? Ton père a oublié de l'éteindre.

Il fait la cuisine sous la vieille hotte en bois. Je me demande si la hotte est la même que celle du père Noël. Je l'imagine avec une barbe blanche et un bonnet, une grande hotte de cuisine sur le dos, assis aux commandes de son traîneau devant une friteuse gigantesque, préhistorique, paradisiaque, et des tonnes de frites brûlantes que les rennes aux babines salées apportent aux enfants sages.

Le mardi, Neige a une pause déjeuner plus longue que d'habitude et peut faire l'aller-retour depuis le travail. Du coup, on déjeune tous les deux. À la sortie de l'école, je vois débouler une Fiat Panda animée de soubresauts révolutionnaires. À propos de panda, avec Neige, on donne tous les ans au WWF pour Noël, c'est important de soutenir le peuple panda dans sa conquête de la liberté.

La Fiat Panda freine juste devant moi :

— En voiture, mon bonhomme !

Quand on arrive à la maison, branle-bas de combat. On dirait que Napoléon a pris possession de la cuisine à la tête de la Grande Armée.

— On a vingt minutes ! Top chrono ! Je lance mon classique : pain au fromage et œuf au plat !

J'adore les œufs au plat, mais ma mère me dit qu'on ne peut pas en manger trop, c'est mauvais pour le cholestérol.

— Le cocoriquoi ?

— Le cholestérol ! Tu sais ce que c'est ?

Il paraît que si je mange trop de cholestérol, je vais devenir une poule. Pendant qu'elle m'explique avec passion les mystères de la science, je fais des mouillettes avec le pain et je me régale. C'est si bon de faire splash avec la mouillette dans le cœur de l'œuf. J'aime l'harmonie simple du blanc, du jaune et de la lumière du soleil sur la petite table en bois de la cuisine. C'est beau comme le tableau que ma mère a accroché dans l'escalier – un certain Chagall.

C'est un moment rien qu'à nous. Puis elle me dépose à l'école et fonce au travail. C'est trop bon, ces minutes en forme d'œuf au plat, volées au rythme des travaux et des jours.

Pour le quatre heures, lorsqu'elle est là, Neige ramène un gâteau qu'elle achète à l'Intermarché. Elle me regarde avec son grand sourire doré, qui ressemble à une envolée de bergeronnettes des ruisseaux au coucher du soleil, et elle me dit :

— Il y a une petite surprise aujourd'hui !

Je fais semblant de ne pas comprendre. Ça fait partie de notre jeu.

— J'ai pris du tourteau au fromage !

Le tourteau au fromage est un dessert qu'elle adore. C'est un gâteau qui ressemble à une soucoupe volante, avec une croûte noire et brûlée qui forme un grand dôme mystérieux. À l'intérieur, la mie est tendre et délicieuse.

Le tourteau est une fête, un pas de danse. Cette surprise gourmande que l'on partage est un pacte secret. Quand je mange du tourteau au fromage avec elle, c'est comme si j'étais dans ses bras, blotti dans la chaleur de son pull rose à grosses mailles.

RITUEL

Mon antre est la cuisine, une immense caverne d'Ali Baba. Dans les tiroirs en bois, je tombe sur des objets mystérieux : des ciseaux gigantesques, la louche pour la soupe au cresson ou le vieux casse-noix en bois. J'aime regarder Neige actionner la manivelle, écraser la coquille dans un grand craquement sec. Elle récupère les cerneaux avec les doigts parmi les débris étalés sur la table, comme si la noix était un frêle esquif qui avait fait naufrage.

Neige a réparti les tâches : je suis en charge du lave-vaisselle que mes parents viennent d'acheter, autrement dit, je dois *vider la machine*. À la fin du programme, j'ouvre le lave-vaisselle dans un nuage de vapeur d'eau, prends les assiettes fumantes et les entrepose soigneusement dans l'armoire – je suis le gardien du trésor de Rackham le Rouge. J'aime les coupelles à compote, les assiettes à dessert peintes de reproductions de l'arche de Noé (cadeau de mariage de mes parents) et le presse-agrume en cristal qui me semble aussi précieux que la Sainte-Chapelle. Avant chaque repas, ma mère m'arrache cruellement à la lecture :

— Olivier ! Vide la machine et mets la table !

Vider la machine est quelque chose qui me rassure, c'est un rituel. J'aime que les choses fassent des boucles, comme la vaisselle dans la cuisine, les rimes dans la poésie, ou les saisons dans la nature.

MAGIE DE LA MÉTÉO

Neige a une passion pour la météo.

Le soir pour le dessert, elle prend son Lansoÿl avec un yaourt ou s'accorde un petit plaisir avec les Sirtaki, des biscuits aux raisins secs qui viennent du supermarché :

— Mes monstres m'ont usée… J'ai bien le droit à un Sirtaki !

Puis elle s'installe confortablement devant la télévision sur le canapé. C'est l'heure tant attendue. Sophie Davant ou Évelyne Dhéliat fait son apparition à l'écran. Mais sa présentatrice préférée, c'est Nathalie Rihouet.

— Ça fait plaisir à voir, cette femme toujours souriante, toujours heureuse. Nathalie Rihouet. Tu sais pourquoi elle s'appelle ainsi ? Parce qu'elle *rit*… partout *où elle est* !

Je n'ai jamais vu ma mère rater une seule fois la météo. Quand elle se rend compte qu'elle risque de manquer le début, elle bondit de sa chaise et se précipite comme un lamantin qui va boire à la source (j'ai vu ça dans *Animalia*, l'émission animalière du dimanche avec Allain Bougrain-Dubourg). Devant la météo, ses yeux brillent d'une lumière magique. Concentrée sur les paroles de Nathalie Rihouet comme sur l'oracle de Delphes, elle se laisse bercer par les normales saisonnières et les délices de l'anticyclone des Açores. S'il fait beau sur la carte de France, avec des petits soleils partout, et que la pythonisse Nathalie Rihouet, divinité du Temps et des Astres, annonce des températures plus douces que prévu, Neige a un petit cri d'enfant, un cri d'enthousiasme, comme si sa vie venait de s'améliorer très nettement. Quand la pluie est annoncée, en revanche, ses yeux s'assombrissent, son beau visage se défigure, et elle s'écrie toujours :

— Il pleut toujours dans ce pays !

Chaque soir, je guette les expressions de son visage qui varient en fonction du temps qu'il va faire. C'est ça, la magie de la météo. Celle de connaître un peu son destin, ensoleillé ou nuageux, pluvieux ou doux, et d'exorciser la peur du lendemain, face aux précipitations du monde.

CHEZ CARMEN ET PACO

Le dimanche, on va voir Carmen et Paco, mes grands-parents. Ils me parlent d'une autre époque, quand ils sont venus en France et que ma mère était petite fille. Ils habitent au quatorzième étage d'un HLM dans la cité Copernic, à Pantin. Les tours sont si hautes, ça fait au moins dix fois la taille du pommier. Vue imprenable sur La Courneuve et Bobigny depuis le balcon. Mieux que l'Empire State Building.

Pour venir, on prend une grande chaussée qui s'appelle le périphérique en longeant les murs antibruit. À la cité, j'appelle Carmen sur l'interphone. Mes parents prennent l'ascenseur. Je fais la course pour arriver avant eux en montant les marches quatre à quatre. Carmen et moi, on se couvre de bisous. Personne ne s'embrasse à la maison, parce que les bisous ne sont pas un concept mathématique opérationnel. Je m'en fous, je fais toujours entre cent et deux cents bises à Carmen sur le palier. Ça énerve légèrement Neige, qui aimerait pouvoir entrer dans l'appartement.

Carmen travaillait à la crèche de Pantin, elle a gardé son beau tablier rose qu'elle me prête parfois. Elle faisait à manger pour quatre-vingts enfants, alors elle continue à faire la même quantité à chaque repas. Paco travaillait à l'usine et il est gravement malade. La maladie de la cigarette, comme dit ma grand-mère. Mes parents confisquent les paquets de cigarettes de papi et les rangent dans une armoire fermée à clé, pour qu'il diminue. Il finit par trouver la clé et fume dans les W.-C. en cachette. On sent l'odeur depuis la salle à manger. Neige se met alors dans une colère noire :

— Il faut qu'il arrête ! Il va se bousiller la santé à fumer comme un pompier !

Mes grands-parents jurent à longueur de journée en espagnol. Je raffole de ces insultes que je ne comprends pas. Elles résonnent comme des formules magiques tirées de vieux grimoires. *Me cago en tu madre! Me cago en la leche! La madre que le parió... !Y el padre que el trajo! Joder! Vete a la mierda! Vete a tomar por culo, maricón!* Je répète les insultes à haute voix, ce qui fait enrager Carmen. *Cállate o te voy a dar una hostia!*

Ma mère a gardé des traces de sa langue natale, comme le mot « crocodile » qu'elle ne parvient jamais à prononcer. Elle confond avec *cocodrilo* en espagnol. Elle proteste :

— Je sais très bien le prononcer ! Un crocrodrile !

Je ris aux éclats.

— Un crocodile, maman !

— C'est bien ce que je dis, un crocrodile. Un cocrodrile. Oh tu m'embêtes ! Un crocrodrile, quoi !

La salle à manger de Carmen et Paco est un bric-à-brac qui raconte toute l'histoire de la famille. On y trouve des papyrus égyptiens donnés par un oncle trafiquant d'objets d'art, des chiens de Fô bleu ciel que mes grands-parents ont reçus en cadeau de mariage, une nature morte avec des homards, le cadre avec des fleurs en papier découpé de *la hija de Manolito*, une boîte à bijoux en cristal… Sur un guéridon qui fait l'angle, des oranges de Noël plantées de clous de girofle. Je les tiens dans ma main et respire leur parfum de mystère, je touche les coquillages en nacre étincelants.

— Regarde, Olivier… Si tu approches un coquillage de ton oreille, tu peux entendre le bruit de la mer…, dit Nieves.

J'ai essayé et je n'ai rien entendu, à part un bruit bizarre, mais je crois que c'était mon grand-père qui tirait la chasse d'eau discrètement.

Carmen a sa crèche avec les santons : Jésus, la Vierge Marie, Joseph, le bœuf, l'âne et tout un tas d'animaux comme des lapins et même des canards. Tout le monde est le bienvenu dans la maison du Seigneur.

— Tout vient dé la brocante ! *Cinco francos !* Y ça valait cinquante !

Sur une étagère secrète, elle a sa collection complète de marionnettes qu'elle appelle *mi colección*. Elle les passe en revue :

— *Don Quijote… y Sancho Panza!*

La télévision est toujours allumée. Après le déjeuner, pendant que je digère le couscous de Carmen sous la table, au quatorzième étage de la cité Copernic, MacGyver, lui, marche dans les flammes et réalise à l'autre bout du monde des missions incroyables pour le compte du vieux Pete. Ensuite, on regarde *Dimanche Martin* avec un monsieur qui s'adresse à des enfants comme s'ils étaient demeurés. Incompréhensible que ces enfants-là ne se rebellent pas, ils doivent être drogués comme les chevaux à la corrida. Quand l'après-midi se prolonge, on enchaîne avec *Questions pour un champion*. J'ai certaines réponses et ma grand-mère me dit que je devrais me présenter à l'émission. Je lui en fais la promesse. Mes grands-parents aiment aussi le tennis. L'autre jour, on a regardé la finale de Roland-Garros entre Bruguera et Berasategui. Deux Espagnols qui se renvoient la balle pendant des heures avant que l'un des deux finisse par marquer un point. Malheureusement, il faut des centaines de points pour gagner le match.

— Qu'ils tirent à la courte paille, *joder*! rigole mon grand-père.

LES HISTOIRES DE CARMEN

Carmen aime raconter des histoires et commence toujours par cette phrase magique: «Yo té va raconter une histoire…» Et elle me raconte des aventures extraordinaires, comme la dernière fois où elle a croisé son voisin de palier en sortant de l'ascenseur. Cela dure des heures, elle met le suspense au bon moment, on dirait un roman d'aventures :

— Qué yo sors dé l'ascenseur... Y yo vois lé voisin... Et yo lui dis : « Bonjour monsieur ! » Et il mé dit : « Bonjour madame ! » Y alors...

Elle aime bien me raconter des histoires du temps où ma mère était une enfant :

— Cuando ta mère était petite...

Neige l'interrompt, elle ne veut pas en entendre parler :

— Quand j'étais petite ceci, quand j'étais petite cela ! Et on était pauvres ceci, et on était pauvres cela !

— Qu'est-ce qu'elle était belle, *tu madre*..., reprend Carmen.

— Bon, ça va ! Maintenant aussi, je suis pas mal !

Carmen sort un album de photos :

— *Mira... la foto de la primera comunión de tu madre !*

Ma mère, ça n'a pas l'air du tout de lui évoquer de bons souvenirs, la première communion :

— Ah oui ça, pour être sage ! J'étais sage !

— *Mira*... comment elle était belle, *tu madre* ! La Belle Andalouse ! *Muy guapa, tu madre !* Très belle !

Neige soupire.

— Y après... Cuando nous sommes arrivés en France *con papi*, ta mère travaillait beaucoup à l'école. Très sage ! La meilleure ! *Mira !*

Carmen est fière. Ma mère, ça l'énerve :

— Oh là là, toujours les mêmes histoires ! On va pas encore en parler ! C'est fini, le passé ! J'ai grandi, hein ! Je suis grande maintenant.

Carmen continue :

— Y tu madre era toujours con su livre… Toujours con sus livres ! Y ouné jour, l'immeuble il a pris feu à Saint-Denis… *Y nos fuimos corriendo con tu papi*… Y ta mère est partie con su cartable ! Y yo rigoler, yo rigoler, yo rigoler !

Carmen éclate de rire.

— Yo té va raconter une autre histoire… *Tu no sabes lo que me ha pasado !*

Ses histoires préférées se passent dans les années soixante, du temps où elle était femme de ménage :

— Y moi, mi petit Olivier… Escucha bien… En esa época, yo travaillais pour madame Deleuze y yo faisais des ménages. Y alors…

Elle finit immanquablement par remonter jusqu'à son enfance :

— Yo commencé à travailler à dix ans ! Tu abuela a beaucoup travaillé, mi petit prince ! Beaucoup, beaucoup, beaucoup travaillé !

J'écoute ce grand roman ininterrompu, cette longue histoire dont je ne suis qu'un petit chapitre. Ma grand-mère Carmen est la mémoire intarissable d'une époque où je n'étais pas là, c'est le déploiement du grand roman de la vie entre les napperons de la salle à manger et le balcon du HLM. Toutes ces histoires qui n'en finissent pas, c'est une plongée dans mes origines.

MATCH NUL

Mon grand-père Paco est de plus en plus malade. Il est souvent immobilisé et respire à l'aide d'une bouteille reliée à son corps. Comme il ne peut plus bouger, je joue avec lui aux échecs. Il m'a dit un jour :

— Olivier, la vie est une partie d'échecs. Parfois on gagne, parfois c'est elle qui gagne…

Chaque fois, je suis *échec et mat* alors que la partie vient à peine de commencer. Mais il m'apprend ses ruses avec générosité, comme le coup du Berger. Il m'apprend aussi à roquer et à déplacer mon cavalier. Un dimanche, je parviens enfin à le battre. Il me félicite, les yeux pleins d'émotion :

— *Me has ganado. Eres un gran jugador, ahora…* (« Tu m'as battu. Tu es un grand joueur, maintenant. »)

Contrairement à papi, ma grand-mère Carmen ne respecte pas du tout les règles. Elle préfère inventer les siennes. Si je m'éclipse pour aller aux toilettes, certaines pièces disparaissent tout bonnement de l'échiquier. Elle ne s'en cache pas :

— Yo les ai mangées !

— Quand ça ?

— Pendant qué tu l'étais parti !

Elle éclate de rire. Quand il y a *échec et mat* et qu'elle ne peut plus bouger son roi, elle crie :

— Match nul !

J'ai beau lui expliquer que c'est le principe d'*échec et mat*, rien n'y fait :

— Match nul ! Je ne peux aller nulle part !

Par principe, Carmen ne reconnaît jamais une défaite. Nous restons donc sur une série de cinquante matchs nuls consécutifs.

Quand on reste dormir le samedi soir, j'écoute les ronflements de mes grands-parents dans la chambre à côté et cela m'aide à trouver le sommeil. Brrrrr. Sniarrrrrk. Brrrrr... Quand elle ronfle, Carmen fait un bruit de turbine ou de moteur. J'aime la régularité de son souffle. Dans ce bruit je suis éternel. Rien ne peut m'arriver.

NATURE-PATRIE

Neige et moi, on aime s'asseoir dans le jardin et ne rien faire. On se met dans l'herbe, on compare les mille nuances de vert. Ça s'appelle le yoga du cerveau. Cela consiste à rester en tailleur et à attendre que rien ne se passe. Il suffit de laisser faire la nature autour de soi. Ça fait beaucoup de bien. Parfois, mon père nous rejoint avec ses jumelles d'ornithologie :

— Oh... Qu'est-ce que je vois là-bas ? Est-ce que ce ne serait pas... un bouvreuil ? Oh si si, c'est un bouvreuil ça... !

J'essaie de lui arracher les jumelles, mais mon père ne lâche pas son rôle d'ornithologue dominant tant que l'oiseau n'est pas formellement identifié :

— Une pie-grièche, peut-être ? Oh non... Non non ! C'est un pipit farlouse ! Oui, c'est un pipit, ça !

J'éclate de rire.

J'aime aussi me promener avec Neige dans la forêt de Fontainebleau. En forêt, je me sens soudain comme un petit lutin, avec mon bonnet noir beaucoup trop grand et mon anorak violet. C'est mieux que tous les habits de soie et de brocart des contes de fées. Les rayons du soleil tourbillonnent autour de moi. Je sens la douceur des racines, si proches et si vivantes. Ici, la terre est étrangère à l'agitation des humains. Le ciel est plus profond. Et partout les arbres, les arbres si grands, dans leur mystérieuse et tournoyante présence, qui nouent leurs branches dans un pacte inextricable.

Aller dans la forêt, c'est vivre dans un rêve éveillé. C'est pénétrer à l'intérieur d'un monde plein de sensations inconnues, un monde qui s'offre à nous dans sa splendeur première. Je me sens à l'abri dans ce monde de lumière, parmi les couleurs qui dansent. Je m'émerveille devant les troncs si hauts, les branches qui se courbent, les arbres qui m'escortent et les chemins qui mènent vers des pays prodigieux, au loin, dans les rais du soleil. J'écoute le feuillage bruissant des arbres qui claque sous une rafale de vent comme les voiles d'un bateau. Et la lumière, éblouissante comme dans un royaume de légende, m'invite dans un domaine transparent où j'ai l'impression que mon corps lui-même n'a plus d'ombre.

Nous sommes les habitants d'un pays très ancien, dans le frémissement des fougères.

Neige me donne le goût de lire.

Pour m'endormir le soir, on lit parfois des histoires. J'ai adoré *La Fameuse Invasion de la Sicile par les ours*. J'ai eu très peur du Croquemitaine et je suis passé par toutes les émotions. On lit un chapitre par soir et ma mère me fait attendre le lendemain soir pour continuer. Pendant la journée, je trépigne d'impatience. Un matin, je craque, ma curiosité est trop grande. Je prends le livre pour poursuivre tout seul. Lire est une façon de braver un interdit. Et de prolonger ces instants magiques avec elle.

Je m'évade... Un livre, ça s'ouvre comme une fenêtre, comme une porte. Une façon de vivre d'autres vies. Mon histoire préférée est celle d'Elmer, l'éléphant multicolore. Plus tard, je voudrais être Elmer. Puis je passe progressivement aux livres pour les grands, que l'on peut transporter dans une poche et qui contiennent le monde entier. Il y a ceux qu'on commence par la fin, avec des jeux pour voir si on a tout compris – comme si les enfants étaient des idiots. Je ne sais par quelle magie les lettres, assemblées comme les pièces d'un gigantesque puzzle, forment des histoires qui me font voyager.

Je suis un être-livre, un être libre.

Tous les samedis après-midi, on va à la bibliothèque de Melun avec Neige. À Melun, il y a trois choses : la prison, la bibliothèque et l'opticien Balouzat. On passe souvent à Balouzat car je suis myope comme une taupe, et j'ai déjà besoin de grosses lunettes. Puis on va emprunter des livres à la bibliothèque municipale en longeant la Seine.

On regarde les familles de canards colverts qui se suivent à la queue leu leu sur l'eau – comme quand on va au Parc Astérix avec mon père, et qu'on attend les uns derrière les autres pour le Grand Splash.

Au bout de la rue du Four, une entrée de gravillons mène à la bibliothèque municipale. Avec ma mère, on entre comme dans un temple. Sur les étagères, des milliers de livres m'attendent, silencieux comme de vieux hiboux. Je m'approche en frémissant des rayons immenses. Mes romans préférés sont ceux avec des Amérindiens. Surtout quand ils chevauchent leurs appaloosas, sauvages et indomptables. J'aime ce mot, « appaloosa ». C'est un mot qui galope.

Ma mère, en m'attendant, jette un œil au présentoir « Sciences » et feuillette le dernier *Science et Vie* ou *La Hulotte*, la revue la plus lue dans les terriers. Je choisis des romans et je les donne à la gardienne des lieux, la Dame de la Bibliothèque. C'est une fée très douce, qui sourit toujours avec une gentillesse infinie. Moi, je suis intimidé. J'ai peur qu'elle refuse de me prêter ses livres. Ma mère m'encourage :

— Allez, donne tes livres, bonhomme !

La Dame de la Bibliothèque me sourit, elle regarde avec beaucoup d'attention les livres que j'ai choisis. Ensuite, elle utilise sa technologie extraterrestre, frotte mes livres sur une planche en métal qui ressemble à un bout d'astéroïde, et les livres font un *bip* qui semble signifier : « Oui, tu peux nous emprunter. »

Lire, c'est vibrer. Les livres m'entraînent dans des aventures inimaginables, me parlent d'enfants pauvres qui errent sur les routes en Italie ou d'un monde perdu habité par des dinosaures. La saga *Dune* m'embarque avec Paul Atréides et je passe en frissonnant le test du Gom Jabbar. La collection « Alfred Hitchcock et les Trois Jeunes Détectives » propose des titres extraordinaires comme *L'Épouvantable Épouvantail* ou *L'Araignée appelée à régner.* Avec *Les Misérables* de Victor Hugo, j'entre dans le tumulte de l'Histoire. Dans la douce lumière de l'été, je reste des jours entiers allongé sur le lit de mes parents, ému jusqu'aux larmes par les aventures de Fantine et Cosette, et l'infatigable Javert qui poursuit sans pitié Jean Valjean. Je me souviens du couvre-lit orangé et des rayons du soleil de la fin d'après-midi qui filtrent à travers les persiennes. Ma mère, sans que je sache pourquoi, a beaucoup insisté pour me faire lire ce roman. Elle dit que ça lui rappelle son enfance.

Très vite, à l'ombre de Neige, se produit un mélange de réalité et de fiction. Il n'y a plus de différence entre la littérature et la vie. Je suis l'habitant d'un monde qui n'appartient qu'à moi. Cette réalité augmentée, ce don des nues, cette providence heureuse, cette félicité, c'est à elle que je les dois.

LE CAHIER

Pour Noël, Neige accroche dans l'entrée de la maison des petites clochettes qui tintinnabulent. Ce sont des rennes minuscules et dorés qui émettent un bruit de grelots doux comme la neige. J'aime m'y cogner légèrement pour que les clochettes tintent. Les rennes mettent en branle mon imagination... Un soir, la tête emplie de rêves enneigés, je vais chercher une feuille blanche dans le bureau. J'écris ma première œuvre, un poème pour ma mère. Il s'appelle «Les Sapins» et chante la majesté des arbres dans l'hiver.

Quelques jours plus tard, je trépigne sous le sapin couvert de boules de toutes les couleurs. Je remarque un petit cadeau emballé dans un papier rose. Neige me sourit:

— C'est pour toi!

J'ouvre mon cadeau avec fébrilité. Un cahier. Sur la couverture, il y a un lama, un animal sauvage des Andes. Il a beaucoup de laine sur le dos, comme moi quand je ne veux pas aller chez le coiffeur.

— Voici un cahier pour écrire, mon bonhomme...

J'ai regardé le lama sur la couverture et je crois qu'il a hoché la tête en souriant.

Écrire.

J'écris bientôt mes premières aventures dans le cahier. Dans une histoire, de méchants bandits kidnappent ma mère. Ils demandent une rançon de plusieurs millions pour la libérer. Je leur donne rendez-vous près du noisetier du jardin. À l'heure dite, je leur donne une énorme valise. Après la libération de ma mère, les malfaiteurs ouvrent la valise et se rendent compte qu'il s'agit de faux billets. Dans une autre, je décroche le téléphone de la maison en l'absence de mes parents: une voix suave et mystérieuse me demande de la rejoindre dans un univers parallèle pour des missions périlleuses... Je me rends dans le garage et découvre un passage secret, entre la grande échelle et la débroussailleuse : de fabuleuses expéditions s'offrent à moi.

Écrire, c'est s'inventer une nouvelle vie.

GRIBOUILLIS

À propos de rêves, Neige a une passion depuis toujours pour l'Amérique du Sud. Elle parle souvent de la région de la Terre de Feu, un endroit tout au bout du monde. Elle veut aller là-bas un jour et lit les écrivains chiliens comme Francisco Coloane et Luis Sepúlveda.

Elle a même rencontré monsieur Sepúlveda. Une fois, elle est allée à Paris pour lui demander de dédicacer un livre pour moi : l'*Histoire d'une mouette et du chat qui lui apprit à voler*. Le plus beau cadeau qui soit ! Enfin, presque... Le mieux, c'est la petite souris qui dépose une pièce de cinq francs sous mon oreiller quand je perds une dent de lait. Je mets la dent dans une enveloppe et j'attends que la petite souris vienne me consoler. Même que la petite souris grommelle : « C'est le bordel ici ! » quand elle se cogne dans les BD entassées au pied de mon lit. C'est drôle, la petite souris a la voix de mon père. Moi, je me retiens d'éclater de rire et je fais semblant de dormir, en attendant de découvrir la pièce le lendemain matin.

Je me demande à quoi ça ressemble un écrivain, en vrai. Luis Sepúlveda a écrit sur la première page : « Pour Olivier ». Et il a fait un gribouillis horrible, incompréhensible, qui est censé être sa signature. C'est beaucoup moins beau que la signature de mes parents. Je constate qu'il a le droit d'écrire sur le livre sous prétexte que c'est lui l'auteur. Moi, si je faisais ça, j'en verrais des vertes et des pas mûres. J'ai quand même lu l'*Histoire d'une mouette et du chat qui lui apprit à voler* et j'ai été ému aux larmes. Ça ne m'étonne pas que cela plaise à ma mère. Avec son idéalisme et sa poésie, Neige pourrait être un personnage de Luis Sepúlveda.

LIBRAIRE

Automne 2021.

— Quand j'étais petite, me dit Neige, je voulais être libraire. Je me disais que ça devait être chouette de pouvoir lire tous les livres avant de les vendre ! J'étais naïve…

— Je croyais que tu voulais être astronaute ?

— Je ne te dis pas tout. J'ai mes secrets !

LE PETIT ROBERT

Dans le salon, Neige a une étagère avec ses propres livres. Je ne comprends pas tout, mais mon préféré est le dictionnaire du Petit Robert. Deux volumes : le bleu pour les noms communs et le rouge pour les noms propres. Deux volumes de frisson pur. Le Petit Robert contient tous les mots du monde. C'est comme si j'avais à disposition un immense frigo et que je pouvais manger ce qui me fait envie.

J'ai ouvert Le Petit Robert à la première page et j'ai commencé à apprendre les mots l'un après l'autre dans l'ordre alphabétique, à partir de la lettre *A*. Autant je trouve certains livres un peu compliqués à suivre, autant Le Petit Robert est limpide. J'aime les mots à trait d'union que je découvre comme « pont-levis », « tire-bouchon » ou « ramasse-miettes ». Le trait d'union est une merveille de la langue française : les mots se tiennent par la main.

À la lettre *E*, j'ai découvert l'adjectif « extravagant ». J'aime beaucoup ce mot. Il y a même une citation pour l'illustrer : « Cette idée m'inspira une gaieté si extravagante [...] que je ne pus retenir mes éclats de rire. » Ma mère aussi est extravagante, elle est extra et vaguante à la fois. Elle a parfois une petite vague dans les yeux. Le Petit Robert dit : un vague à l'âme.

Je crois qu'ils se sont trompés, c'est *une* vague à l'âme.

LARCIN

J'ai peur que ma mère ne m'aime plus si je n'ai pas les meilleures notes à l'école. Pour Noël, on a fait un concours de poèmes, et je suis arrivé seulement deuxième car toute la classe a voté pour le chouchou des filles, Mickaël. Il faut dire qu'en littérature, c'est surtout le physique qui compte. Pour me venger, j'ai volé le dessin de Clément Braillard qui avait dessiné une musaraigne à la perfection et je l'ai offert à Neige.

Elle a eu les larmes aux yeux en voyant la musaraigne :

— Quel dessin magnifique, Olivier ! Tu es le nouveau Michel-Ange !

Elle a punaisé aussitôt le dessin dans son bureau, très fière de moi. Je me sens un peu coupable, mais c'est encore meilleur.

LE CORDON

Quand je fais mes devoirs, le temps s'écoule à une autre vitesse. Une fois accumulée toute l'énergie de l'apprentissage, je m'enroule dans les rideaux de mousseline du salon, je tournoie dans la clarté qui inonde la pièce jusqu'à ce que ma mère me tire de mon bonheur :

— Olivier, arrête ! Tu vas casser les rideaux !

Quand elle prend sa voix de Napoléon prenant à rebours le baron von Melas à la bataille de Marengo, il vaut mieux obéir. La voix de Neige est mon guide dans la vie. Quand elle me voit faire mes devoirs avec application, il y a tout le resplendissement d'une aurore boréale dans ses yeux. Elle murmure, comme perdue dans un rêve :

— Oh ! Qu'est-ce que tu es doué…

Un jour, j'ai découvert à l'école l'existence du cordon ombilical. Je me pose un tas de questions. Quand j'étais dans le ventre de ma mère, je mangeais par le nombril ?

Pourquoi on n'a pas continué ? Ce serait plus simple de garder toute la vie une bouche au niveau du nombril. C'est plus proche de l'estomac. C'est pour ça qu'on a encore faim quand on mange trop vite ? De la bouche à l'estomac, le chemin est trop long. Tandis qu'en faisant passer le tourteau au fromage par le nombril, ce serait direct. Et qu'est-ce que ça veut dire, *couper le cordon* ? Comment on fait, puisqu'il est déjà coupé ?

TÊTES BRÛLÉES

À l'école, je suis tombé fou amoureux de Manon Goudeau, qui est aussi irrésistible qu'une Nintendo 64. Manon est très forte en classe et m'a battu au pendu avec le mot « rhinopharyngite ». Elle aime beaucoup lire. Pour mon anniversaire, elle m'a offert *Bilbo le Hobbit*. Depuis, j'ai dévoré toute l'œuvre de Tolkien. Je me demande ce que ça veut dire, sortir avec une fille. Est-ce que c'est comme sortir dehors ? Se promener, comme font mes parents ? Combien de temps dure la promenade ?

Cette passion me consume en secret. Je peaufine ma déclaration d'amour. J'ai acheté pour Manon des bonbons Têtes brûlées, que j'ai choisis un par un à la galerie commerciale du Leclerc dans un magasin spécialisé. J'ai écrit une chanson d'amour, inspirée d'une planche d'anatomie du Petit Robert sur les nerfs du corps humain :

Chanson pour Manon

Oh oh oh oh oh
Depuis que je suis amoureux
Mes neurones sont dans la zone
Mon nerf lacrymal me fait mal
Mon nerf petit occipital flashe sur ton cordon latéral
Et mon nerf palpébral inférieur
Me réveille à n'importe quelle heure
Oh Manon

Quand elle va écouter cette chanson, c'est sûr qu'elle sera bouleversée. Un jour, je me jette à l'eau. À la récréation, je sors les bonbons Têtes brûlées de mon cartable. Je suis prêt à enchaîner avec la plus belle déclaration d'amour de tous les temps.

Tout s'effondre quand Manon m'apprend qu'elle déteste les Têtes brûlées :

— Beurk ! C'est dégueulasse !

Premier chagrin d'amour.

HERBIER

Neige et moi, on part ramasser des glands dans la forêt le dimanche. Au cours de nos promenades, elle m'apprend à reconnaître les arbres grâce à leur tronc, leurs feuilles. Elle me montre les chênes, les hêtres et les bouleaux :

— Le bouleau est un arbre magique ! Il peut pousser partout, même dans un sol très pauvre… Son tronc est si beau, regarde !

On fait un grand herbier et je collectionne les feuilles des arbres pour les garder près de moi à la maison. Dans certains livres de Neige, je retrouve des feuilles d'arbres roussies par le temps. Elle les a glissées entre les pages, il y a sans doute très longtemps. Certains livres sont pleins de feuilles, une vraie forêt.

Quand j'ai ouvert *Poésie ininterrompue* de Paul Éluard, de petites feuilles séchées d'une délicatesse infinie se sont envolées. Est-ce cela que l'on appelle les feuilles volantes ? J'ai eu la gorge nouée d'émotion. J'ai pensé : « Est-ce que ma mère a glissé ces feuilles dans le livre il y a des années ? À quelle époque de sa vie les a-t-elle ramassées ? Est-ce qu'elle était triste ou heureuse ? Faisait-elle un vœu, ou était-ce un marque-page ? Est-ce qu'elle les a laissées pour les retrouver plus tard, comme une trace, un souvenir ? »

Ces feuilles dorées et dentelées, d'une finesse inouïe, embellies et sublimées par le temps, qui s'échappent au fil de mes lectures, me relient au secret de Neige. La part mystérieuse des êtres serait-elle contenue tout entière non pas dans les livres, mais dans quelques feuilles d'arbres ?

REGARDS

En 2020, je me promène toujours en forêt avec elle. Elle a un immense bâton en noisetier à l'extrémité fourchue. Il l'accompagne partout depuis plus de dix ans. Il est multiusage : il sert à saisir des algues dans les mares, à soulever des clôtures électriques... Près des mares, elle est dans son domaine. Elle sautille légèrement, comme une gamine. Elle dit qu'on est bien sur les mousses. Ainsi, le secret de son attirance n'est pas intellectuel ni scientifique : il est chorégraphique. On entre alors au pays des sphaignes, qu'elle a étudiées toute sa vie. Un pays mystérieux, inabordable.

Je lui demande pourquoi notre chemin suit le tracé souterrain de l'aqueduc, elle répond qu'il y a des regards.

Je lui demande ce qu'est un regard.

— Un regard, c'est quand on peut avoir accès à l'eau souterraine. Tu lèves une chape de plomb.

PAPI ET MAMIE DE BRETAGNE

L'été, pour les grandes vacances, c'est l'aventure : on prend l'autoroute pour aller en Bretagne voir mes autres grands-parents, papi et mamie *de Bretagne*. Il y a papi et mamie de Pantin et papi et mamie de Bretagne, comme il y a Milady de Winter et la duchesse de Cornouailles.

Sur l'autoroute qui nous mène jusqu'au bout du monde, mon père conduit à toute vitesse. Il fait des pointes à cent soixante kilomètres-heure avec la Citroën ZX. Ma mère, qui a allongé tranquillement ses jambes sur le tableau de bord, lui fait parfois remarquer :

— Ralentis, Gabriel, ralentis…

À l'arrière, je regarde le numéro des plaques d'immatriculation pour deviner les départements. Si je suis sage, j'aurai droit à une glace Titan à la prochaine aire d'autoroute.

Papi et mamie de Bretagne habitent près de la pointe du Van, qui se prononce comme le vent mais qui s'écrit comme un van Volkswagen. Pas loin, il y a aussi la pointe du Raz, ça se prononce comme un rat mais ça s'écrit comme un raz-de-marée. La maison est sur une falaise tout au bord de la mer, tel un phare qui surplombe l'océan. Avec papi Auguste, on ne parle jamais d'autre chose que de musique classique. Il me fait découvrir Schumann et Schubert : on prononce *chou man* comme kouign-amann et *chou bert* comme camembert. Je confonds souvent les deux variétés. Papi parle aussi de Mahler, dont le nom ne présage rien de bon :

— Papi, pourquoi on dit : « Ne parle pas de Mahler » ?

Je préfère Beethoven, il a écrit une lettre à Élise, une camarade de classe. Quand papi de Bretagne parle de musique classique, il ne demande jamais son avis à personne, surtout pas à ma mère. Ils ne se parlent pas beaucoup tous les deux. Pourtant un jour, il m'a pris à part et m'a dit avec admiration :

— Tu sais, tu as une mère exceptionnelle…

Mamie Geneviève est très douce, elle sait préparer des frites en forme de dents et j'aime passer du temps avec elle. Elle m'apprend l'aquarelle et les petits secrets des paysans du coin. Un jour, comme on rentrait de la baie des Trépassés par un chemin plus long que d'habitude, elle m'a dit parmi les ajoncs :

— Je veux mourir ici. Pour rien au monde, je ne quitterai ma terre natale.

À table, on a tous un rond de serviette avec notre prénom. Papi Auguste aime citer ses auteurs favoris, le général de Gaulle et Coluche. Il fait même le sketch de « L'eau ferrugineuse » de Bourvil :

— L'alcool, oui ! L'eau ferru... ferru... ferru... ferrugineuse, non !

Il dit aussi en breton, quand il est en colère :

— *Ker Skol Pan Argoat...* La Bretagne est le berceau de la France, comme disait le général de Gaulle ! Et ces enfoirés d'ULM qui continuent à passer au-dessus du jardin !

Mamie Geneviève le tempère et le ressert en salade. Je m'évade pour le dessert et je fonce dans le jardin avec une glace à la pistache. Je monte sur la vieille balançoire, dans l'air du grand large. Je respire à pleins poumons l'odeur des aiguilles de pin, je m'élance entre la terre et le ciel, de plus en plus vite, jusqu'à ce que je ne sente plus mon poids sur mon fragile navire de bois, et que je me perde au loin, dans l'écume.

Ensuite on va à la plage par le petit chemin de Kerléo. Quand le drapeau est vert ou jaune, on se baigne dans les rouleaux. Avec Neige on explore les petites flaques et on pêche les bigorneaux. Sur les rochers, des centaines de coquilles minuscules me piquent les pieds :

— Tu vois, minou ? On appelle ça des *balanes*...

— Des baleines ? Celles qui font le sel La Baleine ?

— Non, des balanes !

On sautille dans les flaques, elle et moi, et mes pieds s'enfoncent dans la chaleur des algues.

LISTE

Objets de Neige.

Sa flore Gaston Bonnier en quinze volumes.

Sa laque Elnett.

Ses pulls en laine à grosses mailles évasés sur les hanches.

L'eau de Cologne que je respire longuement et dont je me parfume en secret.

Ses foulards de toutes les couleurs.

Sa boîte à bijoux pleine de colliers fantaisistes.

Sa vitrine de minéralogie.

Le bout d'ambre magique qu'elle m'a fait toucher un matin et dont j'ai contemplé l'éclat pendant des heures en songeant à la beauté de l'Univers.

Ma pierre préférée : l'améthyste.

Profondeur de l'amour.

ART ABSTRAIT

Le bureau de ma mère est un vrai laboratoire.

Dans un angle de la pièce, son microscope Leica. Quand on rentre de nos promenades en forêt, elle aime examiner au microscope les plantes qu'elle a ramassées :

— Regarde, mon bonhomme... De vraies œuvres d'art !

Je colle mes yeux au microscope et j'aperçois un bal de formes magiques et saugrenues, un kaléidoscope d'organes inconnus, un éventail de monstres géants. Parfois elle me montre les dessins de la grande flore Gaston Bonnier :

— Regarde tous ces détails... Prodigieux ! C'est d'une beauté !

Observer les plantes, cela la rend heureuse.

— De l'art ! De l'art abstrait, mon bonhomme !

LA DAME BLANCHE

Un jour qu'on se promenait dans la forêt près de la butte Saint-Louis, où est construit un vieil ermitage du Moyen Âge, ma mère a pris un air mystérieux et a chuchoté :

— Tu sais Olivier, dans ce coin de la forêt, il paraît qu'on peut croiser la Dame blanche...

— La Dame blanche ?

— C'est une femme énigmatique… Elle est vêtue tout en blanc, sur un cheval… Il y a beaucoup de légendes. Certains disent que c'est une châtelaine qui, depuis le Moyen Âge, veille sur son territoire, d'autres qu'elle a perdu son mari lors d'un accident de voiture…

— On la croise à une époque précise ? Comme le brame du cerf ?

Neige a souri :

— Il y a plein de légendes… Certains disent qu'elle fait de l'auto-stop au bord de la route. Si on ne s'arrête pas, c'est à notre tour d'avoir un accident. Une chose est sûre, la Dame blanche est l'abonnée des mauvaises nouvelles. Quand elle apparaît, c'est que quelque chose de très grave va arriver.

Apparaître, c'est fastoche. Mais comment elle fait pour disparaître, la Dame blanche ? Elle se cache derrière un rocher ? Elle saute dans les fougères ?

— Tu sais, le voisin qui possède le champ avec les moutons derrière chez nous ?

— Monsieur Barbès ?

— Oui. Eh bien, il m'a dit qu'autrefois, les habitants du village pensaient que la Dame blanche apparaissait dans la forêt quand un événement grave se préparait. Un agriculteur a aperçu le fantôme de la Dame blanche à la fin des années soixante-dix et toute sa récolte s'est flétrie du jour au lendemain. D'autres voisins disent que ce n'est pas une femme mais une biche blanche, un animal sacré lié à la lune. Elle indique que la forêt est un lieu sacré.

— Alors la Dame blanche est une déesse ?

— Si tu veux. C'est une apparition, la manifestation d'une divinité archaïque. Quelque chose qui nous dépasse, et contre quoi on ne peut rien. On dit aussi que la Dame blanche était une jeune lavandière, qui vient faire sa lessive dans les mares de la forêt. Il y a même des voisins qui soutiennent qu'elle apparaît près de la fontaine au Diable, tout près de chez nous, pas loin de la base de loisirs...

J'ai levé les yeux vers elle, un peu effrayé.

— Et toi, maman ? Tu l'as déjà vue, la Dame blanche ?

Elle m'a regardé avec un sourire impénétrable.

CŒUR TROUÉ

1994. Mon grand-père Paco est mort dans la nuit.

Je ne reconnais plus le visage de ma mère. C'est devenu de la bouillie. De la neige sale, écrasée en bordure d'autoroute. Ses yeux, c'est la bataille de Waterloo. Mes parents ont passé la nuit à la clinique avec Carmen. Je suis resté dans le HLM à Pantin. Quand ils sont rentrés, personne n'a rien dit. J'ai compris.

Neige ne pleure pas, mais son regard est un océan. Les yeux de ma mère disent tout le chagrin du monde, ils disent que mon grand-père est parti trop vite, qu'elle n'a pas pu lui faire ses adieux comme elle le voulait. C'est peut-être cela, le plus triste : elle voudrait encore lui parler, et elle sait que ce n'est plus possible désormais. Je me demande si c'est ça, la mort. Un truc qui empêche de se dire au revoir. Et qui creuse des trous. Des trous dans la vie, dans l'avenir et dans notre cœur.

Je lis comme dans un livre ouvert sur le visage de Neige. Il ne sera jamais plus pareil. Parce que même si on ne parle pas des choses, elles sont là. Elles sont là et pèsent de tout leur poids de vérité. J'en ai discuté avec notre chienne Tina dans le jardin, qui a hoché des oreilles pour dire qu'elle était d'accord.

Pourquoi personne ne pleure ?

Le lendemain. Drôles de bruits en provenance de la salle de bains. Chuintements. Mouvements sismiques. Fréquences plus aiguës. Je m'approche à pas de loup.

Neige pleure en secret toutes les larmes de son corps, ça déborde comme quand je laisse se remplir la baignoire et que j'oublie parce que je suis parti dessiner le drapeau du Danemark avec mes crayons de couleurs. De l'autre côté de la porte, je sens que son corps est traversé de sanglots. Les murs vibrent. Moi, quand j'entends ma mère pleurer, ça me fait mal en même temps. Comme si toute sa douleur était la mienne, à cause de cette histoire de cordon et de nombril qu'on ne m'a jamais expliquée à l'école.

Dans la salle de bains, j'entends la voix d'une femme qui chante *La Isla Bonita* : *« Last night I dreamt of San Pedro... Your Spanish lullaby... »*

Ça existe, San Pedro ?

Une île où la nature est libre et sauvage avec des berceuses en espagnol ?

Est-ce cela qui fait pleurer ma mère, au bout du compte ?

Quelques semaines plus tard, on a rendu visite à des amis de mes parents, Gisèle et Bernard. Sans oublier leur fils Paul, qui est médecin urgentiste et adore raconter comment ils brisent les os des cadavres pour que ça tienne à la morgue – je ne sais pas si c'est pour me faire peur ou si c'est vrai. On a mangé une omelette aux girolles, puis les Tardieu ont sorti les petites assiettes à dessert, les mêmes que les nôtres, avec le dessin de l'arche de Noé. Comme d'habitude avec les grandes personnes, ils ont commencé à parler de sujets sérieux, graves et déprimants. Heureusement qu'il restait du jus d'orange et que j'avais apporté une aventure des Trois Jeunes Détectives, *Le Perroquet qui bégayait*.

— On sait que c'est dur, Maria… C'est normal, ça prend du temps de faire son deuil…, a dit Gisèle avec douceur.

Tout le monde a hoché la tête tristement. Je ne sais pas ce que ça veut dire, faire son deuil. Déjà que faire son lit, c'est super difficile.

COLIBRI

En 1992, deux ans avant la mort de Paco, ma mère a repris ses études. Elle s'est inscrite en DESS d'écologie à l'université d'Orsay. Tous ses cours sont regroupés sur une seule journée, le vendredi, pour qu'elle puisse continuer son travail au collège. Chaque vendredi, elle part à Orsay pour sauver la planète.

J'ai vraiment une mère multigéniale. Quand elle rentre de la fac, elle me raconte ce qu'elle a appris :

— Tu connais l'histoire du petit colibri ? Dans une grande forêt, un formidable incendie se déclare. Tous les animaux s'enfuient. Et un colibri... Un minuscule oiseau-mouche de toutes les couleurs est au-dessus des flammes... Il prend un peu d'eau dans son bec et retourne vers l'incendie. Les autres animaux se moquent : « Tu vas éteindre le feu tout seul ? » Et le colibri répond : « Non... Mais je fais ma part ! »

Les yeux de Neige s'illuminent quand elle me raconte cette histoire :

— Tu vois ? L'écologie, c'est faire sa part pour sauver la planète.

Elle fait de grands gestes avec les mains et s'exclame :

— Il faut protéger la beauté de la nature... La Beauté sauvera le monde !

Depuis quelques mois, elle est devenue végétarienne et mange un plat étrange qui s'appelle du tofu. Ça ne vaut pas le couscous de Carmen. En mangeant son tofu, elle me parle du développement durable :

— La conférence de Rio, ce n'est pas rien... Le vingt et unième siècle sera le siècle de l'écologie !

Mon père écoute d'une oreille distraite, en rêvant à la traversée de l'Atlantique en solitaire. J'essaie de suivre.

— L'écologie, ce n'est pas une question de faire le bien ou le mal. L'écologie scientifique, c'est d'abord protéger la nature. Notre maison. Et pour protéger la nature, il faut la comprendre. C'est merveilleux de pouvoir comprendre le monde…

— Comme la citation que j'ai lue dans Le Petit Robert : *Felix qui potuit rerum cognoscere causas*? « Heureux qui a pu pénétrer la raison des choses » ?

— Oh là là ! Qu'est-ce que tu es doué en latin, mon fils ! Là, tu m'épates, quand même.

— Maman, comprendre la nature… ça rend heureux ?

L'ÉVEIL DU FÉMININ

Ma mère me parle de l'éveil du féminin. Elle dit cela : l'éveil du féminin, c'est simplement changer nos émotions en amour. On pense que l'éveil du féminin, c'est la femme. Or l'éveil du féminin correspond à la relation directe que chaque être a avec son cœur. L'éveil du féminin, autant chez l'homme que chez la femme, c'est l'amour.

Se réaliser avec amour.

L'amour n'est pas uniquement la sexualité mais la disposition à aimer.

Ce pouvoir est en chacun de nous.

La peur aussi.

Nous naissons avec deux possibilités : l'amour et la peur. Le mieux est de ne pas avoir peur.

L'éveil du féminin.

Le pouvoir est en nous.

Pendant des milliers et des milliers d'années les femmes étaient considérées à l'égal des hommes. Et tant que ça se passait comme ça, tant que les femmes étaient prises en compte, jamais la terre ne s'est empoisonnée… Jamais. Pendant des milliers et des milliers d'années.

Je crois que le mieux est de ne pas avoir peur.

Le mieux est de ne pas avoir peur.

Le pouvoir est en nous.

L'éveil du féminin.

Pendant des milliers et des milliers d'années.

Se réaliser.

Avec amour.

MONSIEUR LAUBÉPINE

Ce week-end, monsieur Laubépine nous rend visite.

Ma mère a une immense admiration pour lui. Laubépine est professeur de botanique à l'université d'Orsay, il est spécialiste des algues. Parfois, je crois même en apercevoir dans sa barbe si longue qu'elle touche presque le sol. Il voyage dans le monde entier pour étudier des plantes très rares, et nous envoie pour Noël des cartes postales de la Terre de Feu, avec des puffins fuligineux et des flamants du Chili. Ses cheveux ont l'air d'être passés par une centrifugeuse détraquée, ou une machine à laver qui se serait trompée de programme.

— Maman ! Tu ne trouves pas que monsieur Laubépine ressemble à Tryphon Tournesol ?

Neige a un immense respect pour lui. Elle m'a dit un jour à voix basse :

— Je vais te raconter un secret... Les parents de monsieur Laubépine étaient très modestes. Il était fils d'éclusiers. Un jour, il y a eu un accident et ils se sont noyés. Ensuite, il a fait de longues études pour être moins seul : les algues, les plantes, c'est comme sa deuxième famille.

Elle était très émue en me racontant cela.

Laubépine, ma mère et moi, on part se promener en forêt. Les botanistes disent *aller sur le terrain*. Cela consiste à marcher à la vitesse d'un escargot et à regarder les fleurs pendant des heures. On dit aussi : *herboriser*. C'est grâce à monsieur Laubépine que j'apprends le nom des mousses qui poussent dans la forêt :

— Vous voyez cette mousse ? *Polytrichum formosum*... Le polytric élégant et ses petites feuilles délicates, en forme d'étoile !

Monsieur Laubépine poursuit en se raclant la gorge :

— Attention, Neige, et toi, cher Olivier, à ne pas la confondre avec *Dicranum scoparium*, le dicrane en balai qui ressemble à un petit pinceau.

Neige et moi sommes deux écoliers qui écoutons solennellement la Grande Barbe du Savoir.

— Et ici, sur les troncs d'arbres, comme un grand manteau de velours, c'est *Hypnum cupressiforme*, l'hypne cyprès !

Je répète en criant, comme si c'était un match de football :

— *Hypnum cupressiforme !*

Avec ma mère et monsieur Laubépine, on se penche sur les mousses avec respect. Ils parlent de bryologie, la science des mousses. Parfois, en évoquant un prochain rendez-vous annuel de bryologues, ils prononcent des phrases comme: «J'aimerais faire une session bryo cet été!» Moi je cherche à impressionner ma mère en récitant les noms en latin.

— Maman, regarde, là c'est *Polytrichum formosum*!

— Bravo, bonhomme!

Je suis au comble du bonheur.

— Et là aussi!

Monsieur Laubépine fronce les sourcils:

— Oh, tu es bien sûr? Regarde Olivier, la pointe en balai…

— C'est *Dicranum scoparium*!

J'avise un arbre magnifique avec un tronc entièrement recouvert de mousse. Je n'hésite pas une seconde:

— Maman, maman… *Hypnum cupressiforme*!

Neige et son bâton en noisetier.

Toute la lumière depuis la création de l'Univers, toute l'énergie des nébuleuses, des gaz raréfiés, du plasma et des poussières interstellaires passent dans ses yeux :

— Mais tu es formidable quand même, quelle mémoire !

Quand elle me félicite, mon cœur s'envole comme une mésange charbonnière.

— Tu sais Olivier, ces mousses font partie de la famille des plantes rares.

— Et moi, je suis une plante rare ?

Neige sourit.

ORIGAMI

Neige et moi, on aime les jeux de société, Boggle ou Bioviva, un nouveau jeu dont ma mère est friande et qui parle d'écologie. « Un voyage passionnant au cœur de la nature ! » Tu parles. Je préfère le Grand Safari qui permet de découvrir des espèces animales menacées. La boîte bleue Ravensburger est couverte d'animaux et affiche le slogan : « Une aventure palpitante à la rencontre des animaux sauvages. » Un émerveillement. Le cheval de Przewalski. L'ornithorynque. L'aigle à tête blanche. Le grand fourmilier. L'oryx d'Arabie. Le singe-lion. Le douc. Le bœuf musqué. Je les connais tous. Avec Neige on lit les problèmes de chacun et on réfléchit. Quetzal : « En forte régression sur l'ensemble de l'aire de répartition, donc menacé. Destruction de son habitat et chassé pour ses plumes de parure. » Chameau sauvage : « En voie de disparition, le nombre exact d'individus encore en vie est inconnu. Impossible à surveiller et à protéger efficacement à cause de son habitat inaccessible. » Que faire ?

Je joue aussi avec le jeu d'échecs électronique Garry Kasparov que j'ai reçu pour Noël. Mais le plus beau passe-temps du monde, c'est l'origami : avec un très beau papier fleuri, je confectionne une dame qui ressemble à ma mère, avec un petit panier à fleurs. Je l'offre à Neige pour la consoler quand elle est triste. Elle me fait un grand sourire tout froissé en origami.

CROC-BLANC

Depuis la mort de papi, ma grand-mère Carmen vient à la maison pour me garder le mercredi après-midi. On mange des boulettes et un délicieux pain perdu au caramel qui s'appelle *torrijas*. En échange, je lui apprends à lire. Elle en a besoin car elle ne comprend rien aux papiers qu'elle doit remplir pour sa retraite.

On lit *Croc-Blanc* dans une édition illustrée. Je commence par lui lire à voix haute pour qu'elle comprenne bien l'histoire. Ensuite, elle lit à son tour les premières phrases et je l'aide quand elle bute sur un mot. On rit beaucoup tous les deux et je crois que c'est comme ça qu'on apprend le mieux. Au bout de quelques mois, ma grand-mère comprend soudain que Croc-Blanc est un chien. Elle est sous le choc.

— *Pero si Croblan es un perro !*

Pour la digestion, on s'installe devant *Inspecteur Derrick* et elle fait une sieste pendant que l'inspecteur et son copain Harry résolvent des affaires extrêmement ennuyeuses. Brrrrr. Sniarrrrrk. Brrrrr…

MON MEILLEUR MÉDICAMENT

Carmen, février 2021 :

— Mon meilleur médicament, c'est de savoir que tu vas bien.

PRÉSAGE

De temps en temps, pour m'évader, j'enfourche mon vélo et je vais jouer à la base de loisirs en prenant par la forêt. Traverser une forêt, c'est approcher d'un pays de légendes. Quand je sors du sous-bois, la vision se décape et devient autre chose, l'herbe est plus verte, la plaine étincelle plus doucement dans la lumière surgie après la pénombre des branches. À la base de loisirs, je passe ma tête sous les fontaines d'eau fraîche, traîne au parcours de VTT ou au skatepark, monte en haut de la grande araignée. De là-haut, le monde se déploie à l'infini devant moi.

Ce sont des moments de liberté sans Neige.

J'ai huit ans. Un soir, après avoir longtemps pédalé dans la base de loisirs, je me suis rendu compte qu'il était plus tard que d'habitude. Le soleil commençait à tomber, mes parents allaient être inquiets. J'ai pris mon vélo et me suis engagé dans la forêt. Le sous-bois craquait de mille bruits d'animaux effrayants. Le cœur battant, j'ai pédalé de plus belle. Soudain, j'ai cru entendre la berceuse en espagnol de mon enfance :

Beben y beben y vuelven a beber
Los peces en el agua...

Je me suis retourné. Quelqu'un était là, sur le bord du chemin, à moitié caché derrière un arbre. Une femme enveloppée dans une lumière blanche. Ses longs cheveux tombaient en cascade sur son visage. Je l'ai reconnue immédiatement. J'ai balbutié :

— Vous êtes... la Dame blanche ?

Elle a éclaté de rire :

— Si tu ne fais pas attention, un malheur arrivera...

J'ai bredouillé :

— De quoi vous parlez ?

La Dame blanche a répondu :

— Ta mère va mourir... Tout le monde meurt.

J'ai lâché mon vélo et me suis rué vers elle :

— C'est pas vrai !

Je courais vers la Dame blanche, j'ai trébuché sur une racine et me suis effondré de tout mon long. J'ai entendu un grand rire, un craquement de feuilles froissées. Quand j'ai relevé la tête, l'apparition s'était évanouie. Je crois important de raconter cela parce qu'au fond, plus tard, quand ma mère a commencé à être vraiment triste, j'ai toujours cru que c'était ma faute.

ÂGE D'OR

Les années passent.

L'été, on fait des randonnées en montagne dans les Cévennes ou dans le Queyras.

Neige est souvent anxieuse.

J'essaie d'éplucher des clémentines en une seule fois.

Je sors en tremblant de la salle de bains après une douche chaude et j'écris le prénom de Manon Goudeau avec la buée sur le grand miroir.

Je compte les carreaux noirs et blancs sur les murs des cabines de la piscine.

Je dévale des pentes enneigées sur une luge et je mets du poivre dans des soupes au cresson.

Y a-t-il des enfances heureuses ? C'est dommage, tout de même, c'est toujours au moment où l'on se croit éternels que tout s'effondre.

LA REINE DES NEIGES

1997. Neige s'enferme de plus en plus souvent dans la salle de bains.

Elle ne met plus son pull rose à grosses mailles, qu'elle remplace par des tenues sans chaleur. Elle ne porte plus ses grands colliers en ambre, ni sa montre fantaisie au bracelet de toutes les couleurs.

J'ai dix ans, je ne la reconnais plus.

Fini les mots d'amour, les câlins et les goûters. Elle devient distante. Son chagrin va durer des années.

Est-ce la fatigue de la ZEP et de la vie dans ce pavillon de banlieue ? La proverbiale érosion du désir et l'usure du couple ? La charge mentale, les listes de courses, les lessives, le ménage ? Je ne sais. Comment parler d'une mère qui devient triste peu à peu ? Faut-il employer le mot dépression, s'il n'y a pas de diagnostic ? De quelle enfance enfouie remonte la tristesse ?

Tout ce que je peux dire c'est que, du jour au lendemain, Neige a commencé à tomber.

TRISTESSE DU PRÉFABRIQUÉ

Entrée au collège. J'ai mis mon beau pull Lucky Luke tricoté par Carmen, mes lunettes violettes achetées au Balouzat de Melun, et j'ai fait un dernier sourire irrésistible dans la glace avec mes dents du bonheur.

Le collège est un bâtiment affreux. Aussitôt que j'y entre, je me demande comment je pourrai passer quatre ans dans un endroit aussi laid. Ça manque de pommiers. On dirait une prison. Des bâtiments en préfabriqué au milieu de la cour. Je m'ennuie. En mathématiques, je regarde les arbres par la fenêtre du préfabriqué. Madame

Simon, la prof de maths, voudrait que je l'écoute m'expliquer des banalités que je sais déjà depuis le CP.

Je lui ai répondu poliment, l'autre jour :

— Pardon, madame Simon, je vous aime beaucoup, mais je ne peux pas vous écouter, je suis en train d'écrire un poème.

Depuis, elle me déteste. Au lieu de se réjouir de ma franchise, madame Simon a écrit une appréciation rageuse sur le dernier contrôle : « Pourriez-vous faire au moins semblant d'écouter en cours ? » À côté, il y avait ma note, triste comme un plat de carottes râpées à la cantine un jour pluvieux de fin novembre : 20 sur 20.

Madame Simon n'a pas l'air de comprendre que dans la vie, on ne peut pas s'évader dans sa tête en réduisant des fractions au même dénominateur. Alors qu'on peut s'évader par la poésie, le rêve, l'imagination.

LA BINOCLE

Je n'ai aucun ami dans le préau. Quand j'essaie de m'approcher d'un cercle d'enfants, il se referme aussitôt. Dans la classe, les autres se moquent de moi à cause de mes lunettes :

— La Binocle ! Eh, la Binocle !

Un matin, à la récréation, je descends les escaliers quand je sens quelque chose de lourd et humide tomber sur mes cheveux. Je lève la tête et j'entends le rire étouffé de trois garçons de ma classe à l'étage supérieur. Je n'ai pas le temps de réagir. Un deuxième crachat s'écrase sur mon visage.

Quelques jours plus tard, les coups commencent.

Ils me frappent sous le préau. Dans les couloirs. En cours. En salle de permanence. Dans le bus lors des sorties scolaires. Tout le temps, partout. J'ai peur de les dénoncer et qu'ils me frappent encore plus fort. Cela me fait penser à une série de livres de science-fiction que j'ai découverts à la librairie du Leclerc : *Animorphs*. Les yirks sont des limaces extraterrestres qui veulent asservir l'humanité. Ils pénètrent dans nos oreilles pour nous réduire en esclavage et nous imposer leur volonté. Je vais faire comme mes Animorphs, qui ont le pouvoir de se transformer en animaux : je deviendrai une mouche, un faucon crécerelle, un ours et je les vaincrai.

Je n'ose pas raconter tout cela à Neige. Elle ne m'a jamais dit ce qu'elle a vécu, quand elle avait mon âge. La violence, l'humiliation. Je ne sais pas qu'elle est passée par là, en empruntant d'autres chemins. Je sais juste qu'elle serait tellement déçue si elle apprenait que je ne suis pas heureux à l'école.

VENGEANCE

Je deviens adulte : j'apprends la violence du monde. Très vite la colère monte en moi. Je pourrais prendre une chaise pour la leur casser sur le crâne. Je pourrais broyer avec délectation chaque centimètre de leur tête dans un grand craquement d'os comme les petites coquilles de noix dans le casse-noix de la cuisine. Je pourrais planter mes crocs dans leur gorge jusqu'à ce que le sang jaillisse de leur carotide à gros bouillons.

Mais j'ai trouvé une meilleure parade. J'écris.

J'écris pour me venger.

J'écris car l'écriture est une arme.

J'écris dans le petit cahier que ma mère m'a donné comme seul refuge et comme seul héritage.

J'écris mes poèmes. J'écris mes rêves. J'écris les coups.

J'écris que le monde est ensanglanté. J'écris le sang dans mon chant.

J'ai dix, onze ans et je n'aime pas les prédateurs. Ceux qui abusent de leur pouvoir pour vous détruire. Je ne veux pas être une proie.

Je m'évade.

Je ne peux pas le dire à ma mère, elle serait triste. Mais un jour, je m'en fais la promesse, je m'élèverai grâce à mes mots. Je n'ai pas encore tous les mots pour l'instant. Un jour. Un jour j'aurai les mots.

Je dirai tout haut ce que vous avez fait.

Ce que vous avez fait à tous ceux et toutes celles qui ne pouvaient pas se défendre.

Et vous mourrez de honte.

Alors ma parole comme une grande colombe de feu magnifique ira aux quatre coins du monde pour vous tuer. Vous ressusciter. Et vous bénir.

En rentrant à la maison, je ne dis rien. Je prends le paquet de Monster Munch que j'ai trouvé à l'Intermarché, en faisant un long détour à pied, et je fonce dans ma chambre. Je préfère que ma mère ne sache rien.

Chaque soir, ça se répète. Je fais un détour par l'Intermarché et je mange en secret des kilos et des kilos de Monster Munch. J'avale ma honte, je m'en goinfre, je m'en empiffre, je la bouffe, je la bâfre jusqu'à ce que j'aie tué toute sensation dans mon corps autre que celle, réconfortante, du gras au goût de fromage. En plus, les Monster Munch font un sourire. C'est du gras qui sourit ! Cinq ou six kilos plus tard, j'ai toujours aussi honte, et les Monster Munch n'ont rien arrangé.

Je voudrais dire à ma mère tout cela. Que j'en ai marre d'être le meilleur à l'école. Que je me sens seul et abandonné. Que je me fous de ses études de botanique et d'écologie. Que je préférerais qu'elle soit là pour me protéger.

Je voudrais lui dire mais je ne peux pas, c'est comme si j'avais un grand bâillon sur ma bouche.

Je crois que c'est ça, la honte.

C'est quelque chose qui s'éteint à l'intérieur de vous, et vous ne pouvez pas en parler, sinon vous mourez.

La honte, c'est mourir en silence.

Mes notes dégringolent. Je suis insolent avec les profs et j'ai plus de quatre cents heures de colle. J'essaie de boire de l'alcool, de fumer pour m'intégrer. Peine perdue.

Ils me frappent toujours. Ça ne s'arrête jamais. Chaque journée est un infini cauchemar. Maman, où es-tu? Quand je trouve un coin de couloir désert au dernier étage du collège et que personne ne me voit, enfin, loin du regard des autres, j'accroche des guirlandes dans ma tête, je repeins les murs de toutes les couleurs, je joue des valses lentes dans mon âme et je danse.

CE QU'A DIT NEIGE

Nous rejouons les histoires qui se sont jouées avant nous. Des années plus tard, lorsque ma mère a lu le début de ce récit qui lui est consacré, elle m'a fait cet aveu :

— J'ai longtemps eu honte de mes origines, de mon histoire, et j'avais peur, une peur irrationnelle d'être rejetée. Je souffrais de ne pas avoir de passé. Aujourd'hui, j'ai honte d'avoir eu honte.

LA VIE EN LAID

Un jour à la récréation, un groupe de garçons s'approche de moi. Je suis en train de lire *Des souris et des hommes* et je ne fais pas attention. L'un d'entre eux met les mains dans son slip, se jette brutalement sur moi pendant que les autres me ceinturent. Il me force à sentir ses doigts qui puent. Je veux le repousser, mais les autres me tiennent. C'est beaucoup trop long. Au bout d'un temps interminable, le garçon éloigne ses doigts de mon visage.

Où sont mes parents? Où sont les enseignants? Personne n'est là pour me défendre.

J'ai envie de tuer. Je pourrais tuer, là, maintenant, tout de suite. Me faire sauter. Venir avec une arme et tous les abattre. Un par un. Froidement. Sans remords. Je pisserais sur leurs cadavres en récitant du Rimbaud.

Je sens naître un dégoût infini. Un dégoût qui ne s'en ira pas.

C'est comme si ce dégoût était une émotion nouvelle qui ne m'appartenait pas. Comme s'il était entré en moi, à la manière de l'éclat de verre dans l'œil du petit garçon de *La Reine des Neiges*.

Quelque chose qui ferait voir toute la vie en laid.

Je ne ressens plus que dégoût, dégoût, dégoût.

Comment m'en débarrasser?

LE CHANT DU NOISETIER

Une après-midi, comme je rentre de l'école plus tôt que d'habitude et que la maison est fermée à clé, je vais m'asseoir au fond du jardin. Il y a un charme et, plus loin, un petit noisetier. Je m'assois contre le noisetier – celui-là même où j'ai donné rendez-vous aux méchants dans la première histoire que j'ai écrite, pour leur remettre une valise pleine de faux billets – et je pleure toutes les larmes de mon corps. Un léger vent se met à souffler à travers les branches.

C'est comme si le noisetier se mettait à faire de la musique pour moi. Il m'écrit une passacaille, une valse. J'écoute sa musique et je la grave dans ma mémoire. C'est une musique douce. Un vibrato qui me dit que je ne suis pas le seul à être perdu et en colère. Que cette souffrance est universelle. Qu'elle vient de plus loin que moi. Qu'elle vient de ma mère, de mes grands-parents. Du passé. Le noisetier me dit qu'un jour, je devrai rompre le cycle de cette souffrance.

Il me dit que je peux exprimer ma tristesse. Que j'ai le droit de parler. Il me chuchote : Parle.

Chante. Crie.

Dis-moi tout.

Alors je pleure. Je pleure plusieurs heures et je parle à voix basse au noisetier. C'est bien mieux qu'une vengeance.

Quand je parle au noisetier, une joie très pure s'empare de moi. Je prends la tristesse que j'ai à l'intérieur, je la mets en dehors de moi et la chasse. Je la partage avec le vivant. Je m'en libère. J'ai la révélation que toute ma vie, les arbres seront à mes côtés. Ils sont une présence qui me guérira de la violence des hommes. Des compagnons de lutte. Des alliés.

Le noisetier murmure : Tu es beau. Tu es là partout. Tu appartiens au monde entier. Tu es le monde entier. Tu auras toujours quelque part où aller.

Il dit : Sois toi-même.

Et puis la musique s'arrête.

Est-ce que l'arbre a vraiment chanté ? Ai-je rêvé ? J'ai séché mes larmes. Je me suis levé et j'ai esquissé un petit pas de danse dans le jardin. Il y a eu soudain un rayon de soleil. J'ai aperçu au moins cent nuances de vert dans les feuilles du noisetier et j'ai eu la certitude qu'il restait une possibilité d'être heureux.

Comment se décolonise-t-on de la violence des prédateurs ? Quand les hommes vous envahissent avec leur violence, et qu'on ne veut pas la garder en soi ? Qu'on ne veut pas devenir laid à son tour ? Comment faire pour s'en débarrasser, la transformer en quelque chose de plus puissant ? À toutes ces questions, le noisetier m'a donné la réponse.

Il m'a dit : Chante.

Chante.

FILS DE NEIGE

Je ne parle plus à ma mère. Je l'évite. Mais dans ma tête, je sais qu'un jour elle sera fière de moi. J'écris des poèmes. Je crois en la beauté. Je crois que la poésie est une meilleure école que celle de la société. Elle donne des armes pour se battre. Je ne veux pas de leurs savoirs morts. Je veux croire en mes rêves et pour cela j'ai besoin de mots vivants, de mots en mouvement, de mots comme des couteaux, de mots qui dansent.

En attendant de changer le monde, j'écris dans le cahier au lama que m'a offert Neige.

J'écris les choses en essayant de les rendre plus belles qu'elles ne sont. J'écris des poèmes, je sculpte ma douleur jusqu'à ce qu'elle devienne un chant. Je serai un ange de la révolte et de l'amour. Un messager. Je serai un homme qui danse. Un résistant. Une âme forte. Je garderai ma singularité. Je l'affirmerai. Je me battrai contre l'injustice. Je nourrirai mon humanité en chantant ma ressemblance avec tous les opprimés du monde.

Je suis le fils de Neige, qui répandra la lumière.

DE LA DIFFÉRENCE

Un jour, Neige m'a dit :

— Les biologistes le savent. Non seulement la différence n'est pas une pathologie, mais c'est le moteur de l'évolution du vivant. La vie perdure et la vie invente de nouvelles espèces, via la présence d'éléments transgressifs, différents, dans les populations. Et toutes ces différences sont le fruit du hasard. Imprévisible, la vie !

LA FAUTE DE PERSONNE

Ça ne va pas très bien non plus entre mes parents. De plus en plus souvent, ma mère pleure et mon cœur se serre. Son visage a changé, comme si toute sa joie avait disparu sous un manteau de neige. Je voudrais qu'elle se remette à porter des tenues colorées. Elle s'est inscrite sans enthousiasme à la piscine de Melun pour un cours d'aquagym, qu'elle a abandonné au bout de quelques semaines. Pourquoi ne me prend-elle pas dans ses bras ? Mon père va la voir et frappe doucement à la porte de la salle de bains :

— Neige ? Neige ?

— Gabriel... Je n'y arrive pas, c'est tout.

Ma mère dit :

— Ce n'est la faute de personne... Il n'y a rien à comprendre.

Que de mystères ! Mon père est de plus en plus souvent triste à son tour et s'enferme dans son bureau pour dessiner des fractales. Quand il en a marre, il met ses godasses et part faire le tour de la forêt des Trois Pignons à toute vitesse. Je ne comprends pas ce qui se passe.

J'imagine pour me consoler un pays empli de tourteau au fromage, un lieu où il n'y aurait pas de malheur ni de Dame blanche, un endroit où l'on ne pourrait pas mourir, dans la paix des feuillages.

SEUL AU MONDE

Mes parents ne se parlent presque plus. Heureusement, le mercredi on regarde une nouvelle émission à la télévision, ça s'appelle *Ushuaïa Nature*. Les émissions commencent toujours de la même façon : Nicolas Hulot, le présentateur, est seul au monde sur des rochers sauvages battus par les embruns, encore seul au monde dans une montgolfière juchée en haut de la canopée amazonienne, à nouveau seul au monde en deltaplane au-dessus de l'océan Arctique, derechef seul au monde en kayak de mer au milieu du détroit de Magellan. Il trouve malgré tout le temps de s'adresser à la caméra et de dire :

— Dame Nature…

Ma mère écarquille les yeux avec une expression de plaisir intense.

— Dame Nature nous offre cette splendeur… Je crois qu'il n'y a pas d'autre mot.

Neige hoche la tête, émue aux larmes, tandis que Gabriel bâille à s'en décrocher la mâchoire. Je crois qu'il préfère *Thalassa* avec Georges Pernoud. Nicolas Hulot poursuit, imperturbable :

— Victor Hugo disait : « La nature est pleine d'amour. » Bonsoir ! Bonsoir mes amis, bonsoir la planète…

Voluptueusement enveloppée dans une couverture en laine, ma mère ronronne de bonheur. Aujourd'hui l'épisode promet un voyage extraordinaire en Afrique australe. J'ai regardé le résumé dans *Télé 7 Jours* :

> Nicolas Hulot se rend au cœur de l'Afrique australe, de la Zambie, ex-Rhodésie du Nord, jusqu'aux côtes namibiennes, à la rencontre d'animaux singuliers. En compagnie du biologiste Vincent Prié, il observe les milliers de chauves-souris qui vivent dans la région. Puis il met le cap vers le nord du pays, où s'étendent les marais zambiens de Bangweulu, peuplés de cobes de Lechwe, de zèbres, d'hippopotames et de nombreux oiseaux. Nicolas Hulot

s'arrête dans un village de pêcheurs, puis part en quête du bec-en-sabot, un oiseau rare. Dans le désert du Namib, il observe autruches et antilopes, scarabées et lézards, tisserins sociaux et suricates. La côte des Squelettes, littoral hostile, abrite de gigantesques colonies d'otaries. Enfin, il fait halte chez les Himbas, dans le Kaokoland, puis cherche les énigmatiques lions du désert.

Tout au long de l'émission, Nicolas Hulot énonce sur un ton très solennel des phrases magnifiques que j'essaie de retenir :

— Mes amis, c'est une triste chose de songer que la nature parle et que le genre humain n'écoute pas.

Ma mère le regarde pleine de dévotion pieuse. Je suis admiratif et aussi un peu jaloux, mais puisque ça la rend heureuse… c'est tout ce qui compte. On ne m'enlèvera pas de la tête que ses phrases, Nicolas Hugo, il les pique à son ancêtre Victor.

LA FIN DE L'ENFANCE

La vie est devenue aussi plombante à la maison qu'au collège.

Ma mère pleure beaucoup et mon père a complètement arrêté de siffloter, de regarder les oiseaux et de faire des calembours. C'est aussi triste que lorsque le chat des voisins attrape une maman rouge-gorge et la dévore devant tous les oisillons.

Je passe mon temps à lire et à écrire.

Dans *Les Fleurs du Mal*, je découvre ce poème de Baudelaire :

Maudit soit à jamais le rêveur inutile
Qui voulut le premier, dans sa stupidité,
S'éprenant d'un problème insoluble et stérile,
Aux choses de l'amour mêler l'honnêteté !

À ce propos, notre chienne Tina est morte. Elle était si malade qu'elle ne mangeait plus les médicaments que je roulais dans du chorizo. Un jour, elle a fait un trou sous le grillage de la maison. Elle est partie mourir près du vieux lavoir. On a reçu un coup de fil des pompiers, qui l'ont retrouvée là-bas.

Elle est enterrée sous le tas de bois. Adieu Tina. Je n'aurai plus jamais la consolation de ton odeur de chien qui pue, quand on se roulait sous les bambous l'un contre l'autre. Plus jamais tu ne frétilleras de la queue à mon approche, plus jamais tes oreilles qui se dressent et remuent, plus jamais ta façon de tirer la langue avec un bruit de ventilateur à la puissance dix, plus jamais ta façon de boire de l'eau comme si tu n'avais pas bu depuis plusieurs générations de Tina, plus jamais ta façon de ramasser la vieille balle de tennis en mettant de la bave partout, plus jamais ton sourire d'ange égaré parmi les humains. Tu ne seras plus jamais là pour nous. La mort de Tina, c'est vraiment la fin de l'enfance.

En plus de ses cours, mon père a accepté un second boulot, s'occuper de la gestion du réseau informatique du lycée. Du coup, il rentre plus tard à la maison. Ça évite à mes parents de passer trop de temps ensemble.

Neige reste seule.

— Ton père est toujours fourré dans l'informatique, me dit-elle.

Récemment, mon père m'a montré comment changer le système d'exploitation Windows pour Linux. J'aime bien le système Linux parce que la mascotte est un pingouin. La plupart du temps, ce que veut faire mon père ne fonctionne pas, alors il peste contre l'ordinateur IBM qu'il appelle *la machine*. Quand la machine ne fonctionne pas, il cherche à la réparer, à la réinitialiser ou à *rebooter* le serveur. Je l'entends râler dans son bureau :

— Oh, ça plante, cette machine ! La barbe ! C'est la poisse !

Il est de plus en plus inquiet à cause de ces choses qui plantent. Ça a l'air grave, il est souvent abattu, boudeur comme un enfant. Quand la machine va un peu mieux, il se remet à siffloter. C'est magnifique de l'entendre à nouveau. Un sifflotement plein de vie, une musique flûtée, superbe – comme le chant du courlis cendré, de l'aigrette garzette, de la huppe fasciée. Il se remet alors à corriger ses énormes tas de copies, dans son bureau croulant sous les fractales et les posters du Vendée Globe, et il sifflote. Je lui rends visite dans son bureau, mais depuis qu'il est occupé à réparer sa machine il se retourne de moins en moins. Je vois bien que ça ne va pas entre mes parents, alors je lui demande ce qui se passe. Si ça plante toujours ou si ça plante moins.

Il me répond généralement, le dos tourné, avec un ton très triste :

— Ça plante… Cette foutue machine, ça plante !

J'ai l'impression que la machine la plus détraquée de tous les réseaux informatiques du monde, c'est l'ordinateur de mon père. Mais c'est autre chose qui le préoccupe. Une machine qui n'est certainement pas sous Windows ni sous Linux. Peut-être qu'il se dit que certaines choses ne se réparent pas.

— Ça plante, ça plante, dit mon père, et il pousse un grand soupir résigné.

ABANDON

Un dimanche, je suis entré dans la chambre de mes parents pour chercher du linge et j'ai surpris mon père endormi sur le lit. Il faisait une sieste. Je l'ai regardé dormir quelques instants. Dans son sommeil, il s'agitait un peu. Tout proche du bord du lit, il semblait en proie à un cauchemar. Il a commencé à pousser des gémissements. Je ne savais pas si je devais intervenir. Il a crié soudain, dans son sommeil :

— Aide-moi, Neige, je vais tomber !

Je n'ai pas su quoi faire. Je n'ai rien fait. Paralysé.

Personne ne l'a entendu crier dans tout l'Univers, sauf moi. Il s'est agité un peu, s'est rapproché dangereusement du bord du lit… Et il s'est cassé la gueule.

Je m'en veux de l'avoir laissé tomber.

CE QUE JE VOUDRAIS LUI DIRE

Colère noire de Neige : elle a découvert le paquet de cigarettes que j'ai caché dans mon sac de sport. Elle me convoque dans son bureau :

— Tu n'as pas quelque chose à me dire ?

Il y a tant de choses que je voudrais lui dire… Je voudrais lui dire que je ne suis pas un monstre, et que si je n'ai plus de bonnes notes à l'école c'est parce qu'ils me frappent chaque jour, je voudrais lui dire que moi aussi je peux l'écouter, que je suis là même si elle est triste elle aussi, je voudrais lui dire de me parler, parle-moi, je suis là, je voudrais lui demander pourquoi, quand je lui parle, j'ai l'impression qu'elle ne m'écoute plus, lui demander pourquoi j'ai l'impression qu'elle ne m'aime plus, qu'elle n'est plus fière de moi comme avant, pourquoi elle pleure, pourquoi l'amour ne dure pas toujours, pourquoi elle a des crises de panique, je voudrais lui demander si elle va mourir, si on va tous mourir, pourquoi j'ai l'impression qu'elle est en colère contre moi, pourquoi elle ne me prend plus dans ses bras, pourquoi elle ne dit jamais rien, pourquoi plus personne ne dit jamais rien dans cette maison, pourquoi plus personne ne se dit je t'aime, pourquoi plus personne ne fait attention à moi, pourquoi je ne suis jamais au courant de ce qui se passe. Pourquoi la vie s'est mise à nous faire peur tout à coup ? Pourquoi ça nous oppresse ? Pourquoi elle a des vertiges ? Est-ce qu'on pourrait juste essayer de se parler, maman, essayer de se parler ? Essayer ? Je voudrais lui dire que je ne veux pas la rendre triste, que je ne veux surtout pas la rendre triste, que c'est vraiment la dernière chose que je veux, je voudrais lui dire à quel point je l'aime, à quel point elle compte pour moi, je voudrais lui dire que quelque chose a changé depuis quelque temps, maman, j'aimerais juste que l'on soit heureux comme avant. Je voudrais lui dire que je peux tout entendre, et que je suis tellement triste depuis qu'on ne se parle plus. Je voudrais lui dire que j'ai besoin de la prendre dans mes bras, j'ai besoin de beaucoup de tendresse, d'accord ? Tu veux bien ? Je voudrais lui dire que je lui demande pardon, pour ma maladresse, je lui demande pardon.

Je crois que c'est exactement la définition de la tristesse. Être triste, c'est avoir épuisé toutes les façons possibles de parler à ceux qu'on aime. Je voudrais dire tant de choses à ma mère, et bien sûr je n'arrive pas à les lui dire, alors je les écris dans mon petit cahier au lama.

ÉVASION

Pour fuir le chagrin de Neige, je joue à la Nintendo 64, la plus belle des évasions. Mon jeu préféré est Super Mario 64, qui me propulse dans un immense univers de fiction dont je suis moi-même le héros. L'histoire se déroule dans le château extraordinaire de la princesse Peach, trois étages, le sous-sol, des douves et une cour. Au début de l'histoire, Bowser a fait prisonnière la princesse Peach, en utilisant le pouvoir des cent vingt étoiles du château. Des peintures secrètes sont éparpillées dans le château. Il faut sauter dans le tableau, ouvrir des portes miraculeuses vers d'autres mondes et récupérer les étoiles magiques. Entre deux combats contre Bowser, je regarde aussi *Melrose Place* ou *Hartley, cœurs à vif*, allongé sur le tapis du salon. Anita et Drazic s'aiment beaucoup, ça fait chaud au cœur. Quand elle me voit devant l'écran, ma mère s'énerve :

— Encore devant la télé ! Olivier, tu ferais mieux de faire tes devoirs !

Moi je m'en fous. Je ne veux pas devenir un grand mathématicien comme mes parents. Je veux juste qu'ils s'aiment à nouveau et partir loin d'ici, dans un monde peuplé de princesses ou d'animaux sauvages. Avec les livres et les jeux vidéo, j'oublie un peu le chagrin. C'est la fin des merveilleuses années quatre-vingt-dix. Lady Di meurt sous un pont, la radio parle de Monica Lewinsky et de Bill Clinton, ma mère rêve de sauver la Terre et mon père de prendre la mer. Le temps file.

LE SECRET DE NEIGE

J'ai quatorze ans, j'entre au lycée et je découvre que Neige a une vie secrète. Tout ça, c'est à cause du serpent. Le jeu Snake. Depuis quelques semaines, ma mère a un objet ultramoderne qui s'appelle un téléphone portable. Je l'utilise en secret pour Snake, un jeu fabuleux qui consiste à nourrir un énorme serpent. Ma stratégie est très élaborée. Ne jamais dévier des côtés de l'écran. Longer les bords jusqu'à ce que le reptile soit obligé de s'enrouler sur lui-même : Kaa dans *Le Livre de la jungle.* Le serpent grossit, grossit encore jusqu'à prendre toute la place sur l'écran.

Je m'amusais en cachette quand j'ai entendu ma mère monter les escaliers. J'ai remis à toute vitesse le téléphone portable dans son sac à main et me suis assis derrière l'ordinateur de Neige. La boîte mail était ouverte. J'ai lu par hasard sur l'écran :

I love you…

I love you ?

Depuis quand ma mère parle anglais, elle qui se défend de connaître un seul mot dans la langue de Shakespeare ? Je cours dans le salon et j'ouvre le vieux dictionnaire Harrap's pour déchiffrer. On comprend mieux la vie grâce aux dictionnaires.

To love : aimer.

My son loves his dog very much. Mon fils aime beaucoup son chien.

I have always loved you. Je t'ai toujours aimé. Qui ma mère peut-elle bien aimer, à part nous ?

L'HOMME DE LA FORÊT

Le lendemain, je retourne en cachette sur l'ordinateur de Neige pendant qu'elle est dans la salle de bains. Je fais alors une découverte passionnante. Elle correspond depuis quelques mois avec un ingénieur agronome, Luc, spécialiste de la forêt.

Je vois le titre d'un nouveau mail : *I lick you.*

Cela doit être une forme irrégulière du verbe *to like* ? Je fonce dans le Harrap's. *To lick* ne fait pas partie des verbes irréguliers qu'on a appris en cours. Puis je lis en douce les autres mails de Neige. Je comprends que c'est secret et ne dis rien à mon père. Dans les jours qui suivent, l'échange redevient professionnel. Je ne retrouve plus les mails en question. Ai-je rêvé ?

Neige a de plus en plus de conseils de classe, et rentre de plus en plus tard. Quand elle arrive à la maison, j'essaie de déchiffrer l'énigme de son visage. A-t-elle vu l'homme de la forêt ? À quoi ressemble-t-il ? Parfois, elle a une expression inquiète que je ne lui connais pas. C'est encore plus intense que lorsqu'on regarde Nicolas Hulot à la télévision. Un mélange de joie, de tristesse et d'égarement. Entre deux parties de Mario Kart, je prends l'habitude de l'espionner pour percer à jour ses secrets. Quand elle décroche le téléphone, je m'approche de la porte. Ce n'est jamais l'ingénieur qui appelle. Rien d'intéressant. Même en amour, le réel est pauvre et décevant. Heureusement, il y a l'imagination.

Je continue à espionner ma mère. J'ai surpris cette phrase qu'elle a soulignée dans un roman contemporain, caché dans un tiroir de la table de nuit : « Faut-il être transparent en amour ? » Je me pose aussi la question. J'imagine Neige et son mystérieux ingénieur comme des héros en cavale, qui s'embarquent dans un *road trip* meurtrier parce qu'on les empêche de s'aimer. J'ai vu cela dans un film, *La Balade sauvage*, qui passait tard sur Arte, avec cette phrase qui m'a marqué : « Elle voulait mourir avec moi, et moi je rêvais de me perdre à jamais dans ses bras. »

Dès que j'entends le téléphone sonner, j'imagine Neige avec l'homme de la forêt. Et dans ces scènes primitives qui sont des scènes de fougères, des fougères aux crosses scintillantes, je vois le corps de Neige offert, ouvert, rutilant, d'une violence belle et lumineuse comme la mousse.

Parfois je capte des bribes de discussion : « S'il te plaît… Non… Quoi ? Oui mais non… Tu ne comprends pas… Qu'est-ce qui se passe alors ? » J'aimerais bien savoir, moi, ce qui se passe. Certains soirs, elle se maquille, enfile son perfecto rouge et part avec sa voiture. Moi, je reste dans ma chambre et pour calmer mon angoisse je relis tous mes albums de Tintin préférés comme *Le Lotus bleu* ou *Tintin au Tibet*. Je suis sûr que, quelque part, un yéti bienveillant la protège. La nuit, je n'entends plus que le vol de milliers d'oiseaux de neige et le silence. J'ai piqué à ma mère son double CD de Jean Ferrat chantant les poèmes d'Aragon et j'écoute en boucle: «Un jour comme un oiseau sur la plus haute branche.»

Il y a quelques années, on est allés au musée Guggenheim de Bilbao avec mes parents. Une œuvre m'a marqué: l'araignée géante de l'artiste Louise Bourgeois, dont le titre est *Maman*. Dans mon cahier j'ai noté cette phrase de Louise Bourgeois: «Les hommes sont fous, les femmes sont tristes.» Quand je songe à Neige, je pense exactement le contraire. Les hommes sont tristes, les femmes sont géniales, multiples, libres, inouïes, bouleversantes.

Un soir, l'épouse de l'ingénieur a appelé pour tout raconter à mon père. Elle était très en colère et a menacé de se tuer si ma mère continuait à voir cet homme. Il y a eu beaucoup de sanglots, de discussions tard dans la nuit. Neige voudrait que personne ne souffre. Elle a proposé à mon père de se rendre chez l'ingénieur et sa femme, pour que tout le monde se parle entre grandes personnes. Il a refusé.

NE RACCROCHE PAS

Quelques jours plus tard, j'ai entendu ma mère et l'ingénieur parler au téléphone. Elle chuchotait, sa voix étouffée par les larmes: «Si on essayait encore une fois...» J'ai imaginé la suite de la conversation, plus que je ne l'ai entendue. Dans mon cahier, j'ai écrit leur dialogue.

NEIGE: Si on essayait encore une fois...

L'HOMME: Non.

NEIGE : S'il te plaît…

L'HOMME : Non, on a tout essayé.

NEIGE : Je n'en peux plus.

L'HOMME : Moi non plus.

NEIGE : J'ai besoin de toi.

L'HOMME : Non, c'est juste une sensation.

NEIGE : J'ai envie de te voir.

L'HOMME : Si on se revoyait, ça recommencerait pour un soir, pour une heure, et puis on se retrouverait exactement au même endroit…

NEIGE : Mais une heure, une heure… ça peut être immense, une heure !

L'HOMME : Non.

NEIGE : Une heure dans tes bras.

L'HOMME : Il faut que j'y aille.

NEIGE : Tu es heureux ?

L'HOMME : Non.

NEIGE : Alors viens, rejoins-moi dans la forêt… Dans les fougères… Dans la mousse… Sur les rochers…

L'HOMME : Je ne peux pas.

NEIGE : Prends ta voiture et rejoins-moi.

L'HOMME : Je n'ai plus la force, Neige.

NEIGE : S'il te plaît… S'il te plaît ou je vais faire une connerie…

L'HOMME : Arrête.

NEIGE : On peut au moins *PARLER*, c'est trop demander, *PARLER* ?

L'HOMME : J'ai des sentiments bien sûr, ils sont toujours là… Mais c'est la vie…

NEIGE : Non, c'est pas la vie, *LA VIE C'EST CE QU'ON VEUT*.

L'HOMME : Les choses sont comme elles sont... Tu sais que c'est compliqué, il n'y a rien à... Je veux dire... Tu comprends, tu dois comprendre.

NEIGE : Non, non, je ne veux pas comprendre.

L'HOMME : Comprends-moi, ce n'est de la faute de personne.

NEIGE : ... On serait allongés l'un contre l'autre et on se dirait des mots d'amour et on regarderait le ciel et la nuit comme la première fois...

L'HOMME : Oui mais ce n'est plus pareil, Neige.

NEIGE : Je vais passer, je vais venir te voir *CHEZ TOI*.

L'HOMME : Non.

NEIGE : Je m'en fous, je pars maintenant.

L'HOMME : Non.

NEIGE : S'il te plaît, je veux te voir.

L'HOMME : Je vais raccrocher, là.

NEIGE : Non !

L'HOMME : Je raccroche.

NEIGE : Qu'est-ce que tu veux ? *QU'EST-CE QUE TU VEUX ALORS, TU VEUX QUE ÇA S'ARRÊTE COMME ÇA ?*

L'HOMME : Je ne peux plus.

NEIGE : *JE PARS MAINTENANT JE PRENDS MA VOITURE ET JE TE REJOINS.*

L'HOMME : Non.

NEIGE : Je veux juste te voir, te parler.

L'HOMME : Mais on n'arrête pas de se parler.

NEIGE : Alors on n'est pas obligés de se parler, je veux juste te prendre dans mes bras.

L'HOMME : Si tu fais ça, je ne t'ouvrirai pas.

NEIGE : Je forcerai la porte, une fenêtre...

L'HOMME : Alors je sors maintenant, je sors, je ne serai pas chez moi.

NEIGE : Je te trouverai, je te trouverai.

L'HOMME : Arrête s'il te plaît, *ARRÊTE.*

NEIGE : S'il te plaît laisse-moi venir te voir.

L'HOMME : Non.

NEIGE : Ne fais pas ça ne fais pas ça ne fais pas ça ne fais pas ça ne fais pas ça.

L'HOMME : Je ne t'entends plus.

NEIGE : Ne raccroche pas.

L'HOMME : Je ne peux plus parler.

NEIGE : Tu n'es pas obligé de dire quoi que ce soit
mets juste le combiné à côté de toi
juste entendre ta respiration
ne raccroche pas
je je je
je vais être chez toi tout de suite
ne raccroche pas
ne raccroche pas
ne raccroche pas
s'il te plaît
allô ?
tu entends ?
tu m'entends ?
je vais mourir si tu me quittes

J'écris ces dialogues qui n'ont pas la majesté des tirades de Racine. Est-ce qu'il y a des tragédies pour les gens ordinaires ? Quand elle raccroche, je la vois dans l'entrebâillement de la porte – son beau visage, défiguré par les larmes. C'est comme si elle avait perdu une partie d'elle-même.

Est-ce qu'elle va vraiment mourir ?

Ma mère pleure, morte au monde, entre son microscope Leica, sa flore Gaston Bonnier, sa vitrine de minéralogie et ses manuels de mathématiques de quatrième-troisième. Et moi, je la regarde impuissant. Sa tristesse me cisaille et entre dans ma chair à jamais. J'entends ses sanglots et je lui parle dans ma tête : « Je vais m'occuper de toi, maman. Tout ira bien. S'il te plaît. Ne pleure pas ! » Piano, piano. J'ai même composé une chanson pour elle, au piano :

La jeune fille et la mousse

la mousse…
la mousse…
la mousse t'appelle
la mousse t'appelle
la mousse is calling you
la mousse is calling you
oh la mousse finit
et la mousse recommence…

l'amour…
l'amour…
l'amour t'appelle
l'amour t'appelle
l'amour is calling you
l'amour is calling you
oh l'amour finit
et l'amour recommence…

RÈGNE ANIMAL

Depuis la fenêtre de ma chambre, je regarde la lune. Dans *Animalia*, je me souviens qu'ils disaient que la louve hurle à la lune pour signaler quelque chose d'important. Le bébé louveteau, lui, ne comprend rien à ce qui se passe, alors il fait comme sa mère louve : il hurle.

Un soir, je l'ai trouvée à nouveau allongée par terre dans son bureau. En larmes. Je me suis approché. J'ai essayé de la prendre dans mes bras et de la consoler. Elle m'a regardé avec un sourire résigné :

— J'aimerais parler, bonhomme, mais je ne peux pas. Pour le moment, je ne peux pas t'expliquer.

Elle dit que parfois on ne peut pas parler. Que la douleur est trop forte. Qu'on ne peut pas parler parce que c'est trop insupportable, trop vain, que la douleur est trop animale – elle fait de nous des bêtes.

LES DEUX RAPPEURS

Quand je suis triste, j'envoie valser le bus scolaire et je m'amuse à rentrer du lycée en stop. Je fais comme la Dame blanche, je me mets au bord de la route et je fais peur aux honnêtes gens. Un jour, je tombe sur deux jeunes rappeurs, casquette à l'envers et musique à fond dans la voiture, qui me posent des questions sur la vie. Ils ont l'air intéressés par mes poèmes. C'est la première fois que ça m'arrive. Je ne sais pas si c'est parce qu'ils sont extrêmement bienveillants ou totalement drogués. C'est la première fois depuis longtemps qu'on s'intéresse à moi. Je leur montre mes textes dans mon cahier. Ils lisent en hochant la tête et en poussant des cris de surprise :

— Waouh ! T'es un ouf, mec ! C'est quoi ton nom ?

Je pense aux lunettes améthyste de mon enfance, que j'achetais au Balouzat de Melun avec ma mère, et je réponds du tac au tac :

— Olivier, mais mon nom de rappeur, c'est la Binocle !

— La Binocle ? Wesh, c'est un nom de ouf !

Les deux rappeurs sont mes premiers lecteurs.

Quand personne ne me prend en stop, je vais jusqu'à la gare de Fontainebleau pour prendre un train de banlieue. Je longe la ligne jaune sur le quai et songe à me jeter sous le prochain train comme Anna Karénine, mais j'aime trop la vie. Si ma mère veut mourir, est-ce que je dois mourir aussi ?

Je fixe la ligne jaune jusqu'à ce que j'aie l'impression d'être sur la crête délicate d'un arc-en-ciel. Un jour, je partirai loin d'ici et j'irai vivre dans une grande ville.

Loin de Neige. Je m'en irai.

FRAUDE

Quand je n'ai pas suffisamment d'argent pour acheter un billet, je fais comme mon vieil ami Tom Sawyer. Je ruse. Je vérifie qu'il n'y a pas de contrôleurs et monte dans le dernier wagon. En dernier recours, j'ai un billet de train composté à moitié, j'ai mis une feuille A4 au-dessus du ticket pour que la date ne soit pas imprimée. Le stratagème fonctionne à chaque fois même si les contrôleurs ne sont pas dupes – mais le ticket est bien poinçonné, impossible de prouver que j'ai fraudé. Un jour, je tombe nez à nez avec un contrôleur sans plan B. Je fais machine arrière et détale dans le wagon. Après une course-poursuite digne des films du dimanche soir à vingt-deux heures sur France 3, je me jette à côté d'une petite retraitée, enlève mon sweatshirt vert fluo, le range dans mon Eastpak et me plonge dans un recueil de poèmes. Ni vu, ni connu. La poésie rassure les policiers.

Je finis par me faire avoir un jour où je suis plongé dans les poèmes de Mallarmé. Je lis le sonnet en *-yx* quand des contrôleurs me demandent mon billet, cette fois accompagnés de policiers et de chiens. Par impertinence, pendant que l'un d'eux rédige le procès-verbal, je récite à voix haute :

Ses purs ongles très haut dédiant leur onyx,
L'Angoisse, ce minuit, soutient, lampadophore…

Le policier n'a pas l'air d'apprécier et me dit de respecter la police. Je lui réponds avec la morgue de mes seize ans :

— Le comble pour un policier serait d'être Mallarmé.

À la maison, je ne parle pratiquement plus avec Neige. J'attends de partir et de refaire ma vie ailleurs, loin de cette tristesse qui me hante et me contamine. Je traîne avec une bande de rastas sympathiques qui deviennent mes amis. Ils passent leur journée à parler d'herbe. C'est reposant, et puis, ça ne m'éloigne pas beaucoup de la botanique. Pour la première fois, des garçons ne me veulent aucun mal. On se contente de fumer, de rire stupidement et d'écouter du reggae. Tryo et Sergent Garcia. Le week-end, je bois jusqu'à oublier le monde autour de moi. On va dormir dans la forêt avec des sacs de couchage. Mon meilleur ami, c'est un garçon de la classe qui s'appelle Aurélien. Il est blond, a des dreadlocks, un blouson de cuir et une énorme moto avec laquelle il vient au lycée. Il collectionne les filles.

Il me fait parfois monter sur sa moto pour me ramener du lycée. Je m'accroche à l'arrière de l'engin qui file dans la forêt, un frisson de liberté me parcourt. Je suis heureux sur cette moto qui détale dans la nuit, ma jeunesse avec elle. Je ne sais pas ce que je ressens à ses côtés, c'est tellement fort. Je dors chez lui tous les week-ends. Je suis bien en sa compagnie, loin du chagrin de ma mère.

Parfois, on joue aussi du djembé au bord de la Seine, à Vulaines, à quelques mètres se trouve la tombe de Mallarmé, je ne le sais pas encore. Je récite « Le vierge, le vivace et le bel aujourd'hui » en descendant des verres de vodka. Personne ne comprend de quoi il s'agit mais ça les fait rire. Je bois une bouteille de vodka cul sec. Je n'ai pas peur que cela nuise à mon inspiration, il paraît que beaucoup de grands écrivains étaient alcooliques.

On joue aussi à des jeux vidéo chez Jonathan dont la mère est divorcée et qui nous accueille souvent chez lui. Sa chambre est un aquarium où la densité de fumée est telle que parfois on a l'impression qu'on pourrait couper l'air en tranches et le manger comme un space cake. Les parties de Tekken 4 durent toute la nuit. Moi, je prends toujours le personnage de Yoshi et je répète avec un caractère obsessionnel une seule et même parade, bondissant et rebondissant sur moi-même, sans jamais m'arrêter, ivre mort, défoncé. Je refais toujours le même mouvement et défais un à un tous mes adversaires jusqu'à ce que le score soit de 137 à 0. Parfois, je m'endors et j'ai l'impression que Yoshi, dans un panache nébuleux de fumée, continue à sauter tout seul sur lui-même.

Dans ces moments-là, j'oublie Neige.

Aurélien et moi, on ne se quitte plus. On passe notre temps ensemble dans le soleil de l'adolescence, d'interminables après-midi dans la fumée des joints à écouter la Ruda Salska dont l'une des chansons, à l'image de notre vision du monde, s'appelle *L'Art de la joie*. Il y a les nuits passées sans dormir pendant toute l'année de terminale, des tentes de fortune plantées au hasard dans des propriétés privées, un propriétaire qui nous chasse un matin à coups de fusil, les baignades dans les algues douces, les mille nuances du soleil dans l'herbe, la vieille barque rafistolée pour remonter la Seine et le fleuve trop puissant pour notre frêle embarcation, les vagues immenses des péniches et le naufrage évité par miracle, l'eau de toutes parts et les seaux pour écoper de toutes nos forces en tentant de regagner la rive.

Il y a les soirées à jongler avec des massues enflammées dans les buvettes du bord de Seine, en échange de verres de vodka pomme. Il y a les après-midi infinies d'été passées avec Aurélien, les nuits avec Aurélien, les soirées avec Aurélien, les joints avec Aurélien, la musique écoutée avec Aurélien, les bouteilles de lait avec Aurélien et les céréales Lion à quatre heures du matin. Quand je rentre de chez lui avec la gueule de bois, ma mère ne m'adresse pas la parole. Elle est en colère.

— T'étais où ? Tu découches en permanence !

— Je fais comme toi, maman !

Je jubile.

QUITTER LE NID

Les années passent, Neige et moi nous éloignons.

En 2004, j'entre en hypokhâgne à Melun. Je demande à vivre à l'internat, loin d'elle. Je ne la vois plus que les week-ends. Elle continue à travailler au collège. Ses problèmes d'audition rendent ses relations avec les élèves plus difficiles et elle a le sentiment que sa hiérarchie ne l'aide pas. Elle continue pourtant à enseigner avec passion.

Mon père fait de plus en plus de stages de voile et de montagne. Il réalise le rêve de sa vie et achète un petit voilier. Quelques mois plus tard, il fait naufrage au large de la pointe du Raz. Tout est à recommencer.

L'année suivante, je suis en khâgne à Paris ; les épreuves d'entrée à Normale sup ont lieu à Saint-Denis, dans l'ancienne Petite Espagne. Le jour des résultats, nous faisons le trajet ensemble en voiture avec Neige. Sur le chemin, je lui lis à haute voix *Un de Baumugnes* de Giono. Dans la cour de l'École normale, des feuilles A4 sont affichées avec les noms des admis. Je suis le dernier sur la liste. Il faut dire que Carmen a allumé une bougie pour moi la veille : c'était joué d'avance. Ma bonne note en espagnol a peut-être fait la différence ? *Joder !*

Cet été-là, mon père annonce à Neige qu'il a rencontré quelqu'un et qu'il a l'intention de divorcer. Y a-t-il une explication à cela ? Qui a quitté qui, au fond ? Qui sait pourquoi deux personnes se séparent ?

NEIGE EN ÉTÉ

Dix ans ont passé.

Neige a surmonté son divorce, comme elle l'a fait des autres épreuves de son existence. Mon père a refait sa vie ailleurs, Neige a retrouvé du temps pour lire et se consacrer à la science. La tempête est passée, elle sourit à nouveau. La tristesse, c'est comme la météo de Nathalie Rihouet. Il ne faut pas s'en faire. Le soleil finit toujours par revenir sur l'ensemble du territoire, des côtes de l'Atlantique jusqu'aux Ardennes.

Souvent, elle écoute la chanson de Joan Baez en espagnol dans son bureau: «*Gracias a la vida/ Que me ha dado tanto…*» Quand je lui rends visite, par la fenêtre de ma chambre d'enfant je vois la cime des bouleaux qui remue dans le vent. Ce soir d'été là, la pleine lune brillait comme une médaille qui serait venue récompenser le premier prix d'un concours de délicatesse. Ma mère a toujours adoré regarder la lune, et moi aussi. Elle est apparue sans crier gare dans l'embrasure de ma porte. Je me souviendrai toujours de ce moment où elle m'a dit:

— Olivier, bonhomme, ça te dirait qu'on aille faire un tour en forêt?

Ce n'était pas vraiment une question. J'ai accepté. Neige a roulé une dizaine de minutes dans la nuit, puis on s'est arrêtés au bord d'un chemin. La pleine lune nimbait la forêt d'une lumière enchantée. La nuit ruisselait comme un fleuve confiant autour de nous, les animaux faisaient craquer les branches dans les buissons, comme s'ils nous faisaient cortège. Neige connaissait le chemin par cœur. On est allés près de la mare de la Chouette, en plein milieu de la lande.

Dans la clarté de la lune, Neige a laissé échapper un soupir de bonheur, comme une note de musique. Il faisait nuit noire. Elle a regardé autour d'elle et chuchoté de façon mystérieuse:

— Tu sais, la nuit arrive toujours par-derrière. Sans qu'on s'en aperçoive.

Elle a soupiré.

— Une fois, Olivier, j'ai voulu mourir. Je me suis allongée sur la route, là-bas. J'attendais que les voitures viennent.

— Pourquoi, maman ?

— Une petite voix…

— Une voix ?

— Une voix. Une voix énigmatique. Comme la Dame blanche. Tu te souviens de la Dame blanche ? Je t'en parlais, quand tu étais petit…

J'ai hoché la tête.

— La Dame blanche n'existe pas, maman.

— Je ne sais pas si elle existe, Olivier. Mais je sais qu'il y a eu sa voix dans ma tête. À un moment. Une voix qui ne criait pas. Elle ne faisait que murmurer.

— Et qu'est-ce qu'elle murmurait, cette voix ?

Neige a fait un grand geste avec les mains.

— Elle disait : Non, pas toi… Pas toi sur cette terre. Tu n'auras pas le droit d'avoir un abri, un sol. Tu n'auras pas de lieu. Pas de pays. Pas de refuge. Tu n'habiteras nulle part, tu ne trouveras pas la paix. Rien n'ira autour de toi. Tu ne trouveras jamais la légèreté, la joie. Tu mourras seule… Tu mourras seule… Tu mourras seule… Dans ces cas-là, tu sais, j'ai besoin de m'évader. De venir ici. Dans la forêt. Pour me ressourcer.

Je lui ai demandé :

— Mais qu'est-ce qui n'allait pas, maman ? C'était avec papa ?

— Non. J'ai toujours aimé ton père. C'est lui qui a voulu divorcer. Je ne sais pas. Je ne sais pas exactement d'où ça vient.

— D'où ça vient, quoi ?

— La solitude. Je me réveille avec une boule d'angoisse au ventre, je ne sais pas d'où ça vient. Elle est là tout simplement. C'est un gouffre. C'est une séparation entre moi et le monde. C'est quelque chose qui se jette sur moi. Sur mon corps. Et mon corps se détache… Il flotte. Comme une envie de hurler, tu comprends ?

— Je comprends.

— Alors je hurle, comme s'il n'y avait plus personne. Tout se dérobe. Je voudrais que quelqu'un me prenne dans ses bras. Me serre fort. J'ai l'impression de m'être égarée dans la vie, avec ses chemins multiples. Alors je reviens en forêt. Ici, je ne suis jamais perdue. C'est là que j'habite. La forêt, c'est ma vraie maison.

— Maman, pourquoi tu t'intéresses à toutes ces mousses ?

— Les mousses, c'est le temps. Je crois que c'est le temps. Tu te retrouves devant un paysage… Un paysage végétal qui est porteur d'une mémoire. D'une histoire. Ça fait du bien.

Elle a jeté un regard autour de nous. C'est seulement alors que j'ai pris conscience que toute la lande était couverte d'un immense tapis de mousses qui brillait sous la lune, comme si la lande était éclairée d'un million de lucioles.

— Tu vois, Olivier, il y a une chose que tu ne sais pas. Les mousses, c'est une lignée de plantes en quelque sorte immortelles, qui sont là depuis des millions d'années – chose qui est absolument impensable pour les humains. Une plante aussi frêle, aussi simple…

— Elles vivent plus longtemps que les arbres ?

— Oui, bien plus longtemps. Un arbre, même si rien ne change autour de lui, finit par vieillir et mourir. Comme toi, comme moi… Nos cellules sont programmées pour dégénérer peu à peu.

Les yeux de Neige se sont éclairés, comme ceux d'une petite fille :

— Alors que les mousses, non. Certaines, comme les sphaignes, si légères car pas même enracinées, vivent indéfiniment. Et semblent immuables tant elles grandissent lentement, seule leur partie basale se tasse en tourbe, de quelques centimètres en un siècle. C'est le temps. Imagine, il y a toute l'humanité dans cette tourbe. Elles ont vu passer toute l'humanité !

— La tourbe ?

— La tourbe, c'est ce que tu vois. Elle est constituée par les mousses qui se décomposent. Et en même temps, dans cette matière morte les mousses poussent, et la vie renaît ! Cette mousse a traversé tous les cataclysmes et elle est encore là…

— Comme toi, maman ? Tous les cataclysmes ?

Elle a souri pour la première fois.

— Comme moi, comme nous ! Oui ! C'est cela, la leçon de la nature. La beauté de la nature ! La beauté du vivant ! La vie est parfois surprenante, il y a des crises…

Elle a fait une pause.

— Mais toujours la vie reprend ! Sauvage, imprévisible, libre ! Regarde, cette forêt, elle n'était pas du tout comme cela il y a deux cents ans. On a replanté des arbres. Tout a changé… Et pourtant, la vie continue !

Neige était émue.

— Ces sphaignes, ce sont deux cent cinquante millions d'années… deux mille fois l'humanité, tu imagines ? C'est comme si on remontait à reculons, c'est un retour aux origines ; c'est un témoin de la nuit des temps…

— Alors ça conserve tout, les sphaignes ? C'est comme un grand frigo ?

— Oui, Olivier ! C'est même une bibliothèque ! La nature est une bibliothèque de la vie ! Tout s'y conserve. La mémoire du vivant. Ici le temps ne passe pas… C'est l'éternité, tu comprends ? La mousse, elle a ce qui nous manque à nous. La lenteur. L'éternité. Le silence. C'est un OVNI, quoi.

— C'est toi l'OVNI, maman !

— Oui… Parfois, à l'intérieur de moi, il y a une grande mousse. Haute de plusieurs mètres. Et dans cette mousse, il y a toute ma vie. Toutes mes peurs. Mes révoltes. Mes chagrins. Mes joies. Il y a tout ce que j'ai ressenti jusqu'à aujourd'hui. Là.

Elle a mis une main sur son cœur.

— C'est une mousse haute de plusieurs mètres… Elle nous protège. C'est comme si la Nature était une divinité qui veille sur nous. Tu comprends ?

Elle m'a regardé avec tout l'amour du monde, comme si on était en train de manger du tourteau au fromage.

— Je voulais te dire… Je suis là, Olivier, tu sais. Je ne suis pas très douée pour trouver les mots. Je n'ai jamais cessé de vous aimer, même quand j'allais mal. Je vous aimerai toujours. Tu pourras toujours compter sur moi.

La lumière était de plus en plus irréelle autour de nous.

— Je ne t'abandonnerai jamais, maman. Si un jour tu es triste à nouveau, je serai là. Toi aussi, tu pourras compter sur moi. Je te porterai quand tu seras fatiguée. On n'est pas éternels comme la mousse, mais on est vivants.

Ma mère a répondu avec douceur :

— Oui, on est vivants.

Elle s'est tue un instant, puis, comme au quatrième siècle après Jésus-Christ, lorsque Notre Dame des Neiges a recouvert le mont Esquilin, il y a eu un bruissement dans le ciel, et soudain il s'est mis à neiger tout autour de nous. De la neige en plein été.

Un miracle.

Neige immense et abondante.

Ma mère semblait happée par la neige. Pour la première fois depuis si longtemps, je la voyais heureuse. Elle était tout entière recueillie dans l'instant, dans le bonheur et l'allégresse de cet éphémère spectacle. Cette nature neuve, vierge, familière mais parée d'étrangeté... Elle a chuchoté :

— La neige est symbole de pureté... Par-delà tous les maux. Elle signifie au monde et aux hommes qu'ils peuvent tout effacer, la violence, l'égoïsme et la misère. Oui. Tout recommencer. Et la forêt se peuplera d'amour, et demain sera ouaté et infini.

Lentement, dans le silence bruissant de la nuit, elle s'est levée et s'est mise à danser sur la lande. Autour d'elle, j'ai vu apparaître une ronde au clair de lune. Il y avait toute la mémoire du vivant, les premières étoiles et les dinosaures, il y avait mon grand-père Paco et ma grand-mère Carmen. Il y avait la tante Bernarda et ses poivrons frits au marché de Legazpi. Il y avait la Toni, José, Cuqui, la Manoli, les cousins de ma mère et l'oncle d'Amérique. Il y avait Napoléon et Marie Curie. Il y avait la directrice de l'école primaire, la méchante institutrice avec son rouleau de scotch, et aussi madame Blin, son institutrice de CM2.

Il y avait tous les élèves de Neige qui lui tendaient la main en disant : « Merci, madame Liron, pour tout ce que vous nous avez donné ! »

Il y avait sœur Dolores avec son panier de cendres et le grand professeur Laubépine.

Il y avait toute sa vie. Il y avait des combattants républicains et des exilés par milliers. Des personnages qui apparaissaient de tous les coins de l'horizon et venaient danser avec ma mère dans la forêt. Certains, je ne les connaissais même pas. Ils m'apparaissaient tels des fantômes au clair de lune, comme si tout le destin de ma mère s'incarnait devant moi tout à coup. Comme une très longue histoire qui s'écrirait devant mes yeux.

J'ai pensé : « Un jour, je devrai raconter cette histoire. »

Ma mère a continué à danser longtemps, parmi le cortège des êtres de tous les temps et de tous les pays. Ai-je rêvé cette scène ? Ces confidences ont-elles eu lieu ? Ou est-ce que tout cela est resté suspendu dans l'air de la forêt, parmi le secret des mousses ? C'était une nuit de juin. Les fougères étaient belles. La lumière de la lune, inouïe. Neige était guérie. Peut-être avait-elle seulement besoin que quelqu'un l'écoute. Que quelqu'un entende son histoire.

Aujourd'hui elle respire à nouveau. Elle respire avec l'eau. Elle respire avec les arbres. Elle respire avec la forêt. Elle respire quand elle marche. Elle respire comme si elle s'envolait jusqu'à la Lune. Elle respire avec le vert. Elle respire avec la verte souveraineté des choses. Elle respire avec l'épaisseur. Elle respire avec la lumière et les heures de lumière. Elle respire avec les promesses.

Elle respire avec la présence. Avec le chant soudain du monde. La Dame blanche est un lointain souvenir. Elle respire avec la transparence. La vie est devant elle.

Remerciements

Ce livre a été écrit avec le soutien de la région Île-de-France, dans le cadre d'une résidence d'écrivain portée par le théâtre de Vanves.

Merci à tous les amis qui m'ont aidé, encouragé, soutenu au cours de l'écriture de ce livre.

Je tiens à remercier mes éditrices Charlotte von Essen et Karina Hocine, sans qui ce livre n'aurait pas été possible.

Je tiens enfin à exprimer ma gratitude à tous les lecteurs et libraires qui ont si chaudement accueilli mes deux premiers romans.

Si ce livre n'était pas une vaste déclaration d'amour, merci à ma mère.

Composition : IGS-CP à L'Isle-d'Espagnac (16)
Achevé d'imprimer par Normandie Roto Impression s. a. s.
A Lonrai en janvier 2022
Dépôt légal : février 2022
Numéro d'imprimeur : 2106967

ISBN : 978-2-07-287665-3 / Imprimé en France

361031